――泣いちゃいそうだよ――

ちゃんと言わなきゃ

小林深雪／作　牧村久実／絵

講談社 青い鳥文庫

もくじ

おもな登場人物
小川桜子
中学1年生。6年ぶりに鎌倉に戻ってきた。
永田一馬
幼稚園時代に桜子といちばん仲よしだった男の子。
小川杏実
桜子の妹。社交的な小学5年生。
中里ルリ
桜子の幼稚園時代の友達。
佐野朱里
桜子の同級生。吹奏楽部に所属。

第一話 四月

「よろしくね。」

「ただいま！」

砂の散った海岸沿いの道路から、四月の海に小さく叫ぶ。

おだやかな春の海。水色の空に水平線。

かろやかな風が、潮の香りを運んでくる。

ザザーン。ザザーン。優しい波の音が聞こえる。

寄せては返す波は、白くて繊細なレースみたいだ。

やわらかな朝の光に、波が、キラキラきらめいている。

そう。この春、わたしは、六年ぶりにこの街に戻ってきた。

とてもなつかしい、わたしの生まれた街。そして、六歳までを過ごした街。

引っ越したあとも心の奥のどこかでずっと、いつか、この街にまた戻って暮らしてみたい、そう思っていた大好きな街。

パパの仕事の関係で引っ越した街には、海がなかった。

波打ちぎわを裸足で歩くときの、あの海水と砂の感触がずっと恋しかった。

波の音が、潮風の香りが、わたしを一瞬で幼稚園時代にタイムワープさせる。

ふいに、ひとりの男の子の顔が頭に浮かんで、胸が高鳴る。

そう、ここには、わたしがもう一度、どうしても会いたい人がいる。

再会したい人がいる。

あのころ、いつも、この海辺で遊んだ男の子。

いっしょに泳いだ。はしゃいで水をかけあった。

波打ちぎわで、貝殻や流れ着いた流木などの漂流物を拾った。

わたしがとくに好きだったのは、色つきのガラス。

長いあいだ波に洗われて角が取れ、小石みたいに丸くなったガラス。それは、遠い遠い異国から流れ着いた宝石だって信じていた。

透明や淡いグリーン、ブルーや乳白色。

それをガラスの瓶につめて、コレクションしていた。

いつだって、その男の子は宝石を見つけると、わたしにプレゼントしてくれた。

いっしょにいると安心できた。

口数が少なくて、おとなしいわたしが、いじめっ子にからかわれると、いつもかばって

くれた。強くて優しい男の子。
好きだった。ほんとうに大好きだった。
そう。たぶん、あれがわたしの初恋。
そして、いまも、その気持ちは胸の奥に、そっとしまってある。
引っ越して、離れ離れになって、いつしか連絡も途絶えてしまった。
それくらい、わたしたちは幼かった。
一馬くん、どうしているのかな？　元気かな？
いまも、この街に住んでいるよね？
また会えるかな。
うん。会えるよね。きっと。すぐに。
そんな予感がする。
「桜子！　入学式に遅刻するわよ。」
ママが、わたしを呼ぶ。
「はい！」

わたしは返事をすると、ママのところまで、元気よく駆けだした。

今日は、中学の入学式。

体育館前は、新入生と保護者でいっぱい。

みんな、ピカピカの真新しい制服姿。

小学校は私服だったから、わたしにとっては、はじめての制服。

エンブレムつきのブレザーにチェックのスカート。

ちょっぴり大人になったみたいで嬉しいけど、じつは、ネクタイがうまく結べなくて、今朝は大変だったんだ。

ふう。小さくため息をつく。ほんとうにわたしって、なにをやっても不器用。

帰ったら、ネクタイを結ぶ練習をしなくっちゃ。

髪や肩に、はらはらと、淡い紅色の花びらが降ってくる。

それは、まるで、神様がくす玉を割って、降らせてくれた祝福の紙吹雪のように思える。

きっと、いいことがある。
中学一年生は、どんな一年になるんだろう？
わたしは、四月の水色の空を見上げる。
新しい友達はできるかな？
勉強についていけるかな？
部活は吹奏楽部に入りたいんだ。
フルートを吹いてみたい！
楽器の見た目も優雅で美しいし、あの澄んだ透明感のある音色が好きなの。
でも、完全、初心者のわたしがうまく吹けるようになるかな？
それに、先輩が、怖くて厳しかったらどうしよう？
胸の中に、期待と不安が、ぐるぐる渦を巻いている。
「お～い。一馬！　おはよ！」
背後から、ふいに、男の子の大声が耳に飛び込んできた。
一馬！

その名前に、全身が、びくっとなる。心臓が止まりそう。

一馬くん！　え。そんな、まさか。こんないきなり？

おもわず、キョロキョロとあたりを見回す。

すると、わたしの前方にいた男の子がゆっくりと振り向いた。

それは、まるで、映画のスローモーションシーンのように見えた。

春の日差しを受けて、その男の子にだけ、スポットライトが当たったようにまぶしかった。

一馬くんだ！

おもわず、声をあげそうになって、はっと両手で口元を押さえる。

永田一馬くん。

幼稚園のとき、いちばん仲よしで、いちばん大好きだった男の子。

六年ぶりだけど、すぐにわかった。変わってない。勝ち気そうな目や、きゅっと結んだ口元。でも、背がぐんと伸びて、大人っぽくなっていた。

どきどき。不思議なくらい鼓動が高まる。胸がきゅうっと締めつけられる。

ずっとずっと会いたかった。

いちばん、会いたかった人に、こんなにすぐに会えるなんて。

「カズく……。」

話しかけようとして、一歩前に踏み出したとき、

「桜子じゃない!?」

名前を呼ばれて振り向くと、つやつやした長い黒髪の女の子が笑ってた。

まっすぐに切りそろえた前髪に、キラリと光るアーモンド形の目。

なんだか黒猫みたいでキュートなの。

「ほら、幼稚園でいっしょだったルリだよ。中里ルリ!」

よく通るハキハキとした声は、昔と変わっていなかった。

「え、ルリ？　わあ、大人っぽくなっちゃって、一瞬、誰だかわからなかった。」

「やっぱり、小川桜子だ！　わあ。ねえ、引っ越したんじゃなかったっけ？　こっちに戻ってきたの？」

親しげな笑顔と気さくな口調に、心がふんわりあたたかくなっていく。

「うん！　パパが、この春から、鎌倉の高校に転勤になって。」

「そうそう。桜子のパパって、学校の先生だったよね。きゃ〜、ひさしぶり！」

ルリが、わたしの背中に手をまわして、抱きついてきた。

ハグ！　少しテレてしまったけれど、再会を喜んでくれているのが伝わってきて、すごく嬉しかった。

一気に六年の時が縮まる。

ルリは、幼稚園のときも明るくて元気で、いつも笑顔で接してくれたっけ。

「ルリ、ひさしぶり！」

「六年ぶりだね。」

「ねえ、ママ〜！　桜子だよ！　小川桜子！」

ルリが大きな声でルリのママを呼ぶと、すでにママどうしも再会を喜びあっているところだった。会話が弾んでるみたい。

わあ、ルリのママも若々しくて、全然、変わってない。

そうだ！　一馬くん！

あわてて、あたりをキョロキョロ見回したけど、もう一馬くんは、いなかった。

「あ、ねえ、いま、ここにカズくん、いなかった？」

「カズくん？」

「あ、一馬くん。」

「ああ、一馬くんか。どうだろ？　でも、ここの中学にいるはずだよ。」

言いながら、ルリがニヤリと笑った。

「そうそう。桜子って、一馬くんと仲よかったもんねえ。」

「え？」

「ふふふ。まだ好きなんだ？」

好き！

その言葉に反応して、かあっと頬が熱くなった。

「え、そ、そ、そんなんじゃ。ただ、なつかしくて、あの、わたし。」

しどろもどろになってしまう。

どうして、ルリにバレてるんだろ!?

「あはは。桜子って、昔からウソをつけない性格だったもんね。正直で、なんでも顔に出ちゃう。そういうところ、変わってないね〜。」

ルリが笑いながらそう言って、ぽんっとわたしの背中を叩いた。

「違うの。そんなんじゃない。ただ、なつかしくて、つい。」

「ふふ。いいってば。一馬くんとは小学校でもいっしょでさ。あいつ、変わってないよ。ずっといいやつ！」

「あ、そうなんだ。うん。」

ルリの言葉に、胸がときめく。

いいやつ。ずっといいやつ。

よかった。嬉しい。やっぱりそうなんだ。

まるで、自分をほめられてるみたいに嬉しくなる。

一瞬だったけど、一馬くん、すごく感じがよかったし。

どきどき。胸の鼓動が高鳴る。

ああ、なんだか、これから、いいことがいっぱい起こりそう。

「あ、あとさ、言っとくけど。」

ルリが、いたずらっぽく笑うと言った。

「一馬くん、彼女、いないから。」

！


「お姉ちゃん、入学式でなんかいいことでもあったの？」

入学式が終わり、家に帰ってきて、リビングのソファに座っていたら、妹の杏実が声をかけてきた。二歳下で、この四月から小学五年生。

「ひとりで、にやにやしちゃって～。気持ち悪ッ！」

え？　やだ。わたしったら。にやにやしてた？　恥ずかしい！

「あ、あのさ。ルリって覚えてる？」

わたしは、あわてて言った。

「なんとなく覚えてるよ。猫に似てる子？」

「そうそう、再会してね。同じクラスになったんだよ。」

「へえ、よかったね。」
そう、ルリと同じクラスになれたんだ。
しかも、一馬くんともだよ！　超ラッキー。
一年三組の教室で一馬くんを見つけたときは、どきっとしたけどほんとに嬉しかった。
今日は話しかけられなかったけど、明日こそ、きっと！
そう思ったら、家に帰ってからも、なんだか落ちつかないんだ。
わたしのこと、覚えてくれてるかな？
「ワン！」
足元に寄ってきた犬の大福が、わたしの顔を見上げる。
ハートがきゅうっと締めつけられて、わたしは大福をしゃがんで抱きしめた。
こうするとあったかくて、安心する。
大福っていう名前は、イトコの凜ちゃんがつけたの。小川凜ちゃん。
白い犬だから大福だって。
わたしもすごく気に入ってるんだ。

凜ちゃんって、食いしん坊ですごくおもしろいんだけど、東京都内でも最難関の湾岸高校に通っているんだから、尊敬しちゃう。

「それで、杏実は？　小学校の始業式はどうだったの？」

「転校生って目立つからね。みんなが声をかけてきてさ。すっごい人気者気分！」

杏実は得意そうにそう言うと、

「アイス、食べよっと！」

冷凍室の扉を開けて、アイスを取り出す。

いただきものの高級アイスクリーム。一リットル入りのホームサイズ。

杏実は容器にスプーンを入れて、そのまま食べてる。

お行儀が悪い。それに……。

「え。またチョコ味？」

「だって、チョコのほうが好きなんだもん！　それに、お姉ちゃんはバニラのほうが好きでしょ？」

「…………」

違うよ。ほんとは、わたしもチョコのほうが好きなの！

でも、杏実が、チョコばっかり食べるから、パパとママのぶんのチョコがなくなっちゃうじゃない。

だから、わたしは、バランスをとって、いつも、あえてバニラを選んでるの。

杏実もちょっとは気をつかいなさいよ！

そう言いたかったけど、おいしそうにチョコアイスを食べる杏実を見ていると、なにも言えなくなってしまう。

わたしは、四月生まれで、桜の花からとって桜子。

妹は、三月生まれで、杏からとって杏実。

桜子より、杏実のほうが、ずっといまっぽくて、かわいい名前でうらやましい。

桜子なんて、古風だし、自分じゃ、あんまり好きじゃない。

それに、子がつく名前なんて、今年もクラスで、わたしひとりだけだし。

わたしたちは姉妹だけど、顔も性格も似ていない。

正反対って言ってもいい。

わたしは、クラスでも目立たないほうだし、意見を言ったりするのも苦手。なにをやっても不器用だし、社交的じゃない。

反対に、妹の杏実は、物おじせずに、ハキハキ、ズバズバなんでも言えちゃうタイプ。

元気でくったくがなくて、のびのびと生きている感じがする。

暗くて内向的な姉と明るくて外向的な妹。

地味な姉と派手な妹。

正直言って、わたしは、杏実が、うらやましい。

甘え上手で、わたしよりず〜っとパパやママ、おじいちゃんやおばあちゃんにもかわいがられているんだもん。

桜子は、お姉さんなんだから、杏実にゆずってあげなさい。

なんど、パパやママに言われたことだろう。

仕方ない。人生って不公平だよね。

そう思いながら、わたしは、冷凍室から、バニラアイスを取り出して食べ始めた。

ほんとうは、チョコが食べたいのに。

自分だって、杏実みたいに、気にせずに食べればいいのに。

ばかみたい。

でも、なぜかできないの。

なんでかな？

なんだか急に、自分だけがずっとソンをしているみたいに思えて、悲しくなってきた。

うつむくと、アイスクリームの冷たさがツンと胸にしみた。


窓から入ってくる風に、白いカーテンが揺れている。

放課後の音楽室。

学校は高台にあって、窓から見える校庭のその向こうには、キラキラ光る青い海と白い波が見える。

わたし、吹奏楽部に入部したの。

パートは、第一希望が通って、あこがれのフルート。

窓ぎわの椅子を選んだのは、ここから陸上部の練習が見えるから。

Vanilla

あ。走り高跳びの練習が始まった。

ひとりの男の子が踏み切るところ。

バーに背を向けてジャンプすると、しなった体がバーの上を通過して、向こう側のマットに落ちた。

すごい。背面跳びっていうんだよね。

ううん。わたし、いま、ほんとうに、背中にふわり、天使みたいな白い翼が見えたよ。

すごい。背中に翼が生えているみたい。

ルリが、わたしに声をかけてくる。

「一馬くん、陸上部に入ったんだね。」

ルリとはいっしょに吹奏楽部に入ったの。パートも同じフルートなんだ。

ルリがいっしょだから、部活でも、わたしにしては、リラックスできている。

「あ、一馬くん、また跳んだ！　やるじゃ～ん！」

ルリの声に、わたしは小さくうなずく。

入学式の日から、わたし、気がつくと、いつも一馬くんのことを目で追ってる。

でも、まだ、あいさつくらいで、ちゃんと話せてない。

一馬くんって、教室では男の子とは楽しそうに話してるけど、女の子には笑顔を見せないから、なんだか話しかけにくくて。
一馬くんからも話しかけてこないし、もしかして、わたしのことなんか、もう覚えていないのかも……。

はあ。ため息ひとつ。
中学生になったら、もう昔みたいには、いかないよね。
それに、なつかしがっているのは、わたしだけなのかも。
幼稚園時代のこと、いまさら、持ち出されても迷惑かな。
そう思うと、ますます怖くて、声がかけられない。
わたしって、なんでこうなんだろ。
いつだって、ウジウジ、考えすぎちゃって一歩が踏み出せない。
杏実だったら、さっさと初日に、声をかけているよね。
一馬くんの無造作に額にかかった髪に光が透けて、まぶしい。
わたしが、こんなふうに思っているなんて、見つめているなんて、一馬くんは想像もしていないんだろうな。

そう思うと悲しくなる。

「ねえ、桜子。一馬くんにメアドは聞いたの？」

ルリが聞いてくる。

「まさか！」

わたし、驚いて、ぶんぶん首を振る。

「なんでよ？　うまく話せないなら、メールすればいいじゃない？　わたしが聞いてあげよっか？」

「やだ、やめて！　絶対にやめて！」

「なに、ムキになってんのよ。」

ルリが笑う。

「文章がだめなら、適当にスタンプでも送っとけばいいじゃん。」

……。ルリに聞いてもらったメアドに、いきなりメールするなんて、わたしにはできないよ。

もちろん、ルリとしてるみたいに、一馬くんと気軽にメールをできるようになったら嬉しいよ。でも、それが、スタンプじゃ、なんだか軽すぎるような気がする。

その前に、わたしは、ちゃんと話したいよ。

一馬くんの声が聞きたいよ。

目を見て、言葉を交わしたいよ。

あの携帯もスマホも持っていなかった、幼稚園のときみたいに。

よし、明日こそ、絶対に絶対に話しかけるぞ！

だって、伝えたいことがあるんだから。


翌朝の海岸通り。国道の右側に海が広がってる。

潮騒の音が聞こえる。

波のざわめきは、わたしの胸のざわめきと似ている。

今日こそ、ちゃんと話しかけるって決心したんだ。

クラスだと目立っちゃうから、朝の通学路がいいと思う。

早朝、部活の朝練に向かう一馬くんが、ひとりで登校していることは、前からチェックずみなんだ。

学校へ向かう制服の生徒たちを、ひとりひとり確認する。

！　心臓が、はね上がる。

いた！　一馬くんだ。

いまが、話しかけるチャンス！

心臓がどきどき、音を立てて、一馬くんに聞こえちゃいそうで心配になる。

「お、おはよう！」

勇気を出してダッシュして、一馬くんのとなりに並んで声をかけた。

「……おはよ。」

一馬くん、ちらっとわたしの顔を見て、そう言うと、むっとしたように口元を引き締めて、怒ったような顔になった。

その横顔を見たら、言葉につまって声が出てこない。

ど、どうしよう……。

わたし、急におじけづいてしまう。

ふたりとも無言で、海岸沿いの道を歩く。

ざざん。白い波がくだけて、泡になる。

わたしの勇気もたちまち泡になって、消える。

やっぱり、わたしなんかに話しかけられて迷惑だったんだ……。

なつかしがってるのは、わたしだけだったんだ。

そう思うと、泣いちゃいそうになって、唇を噛んでうつむくと、ふいに一馬くんがひとりごとみたいにポツリと言った。

「ここの海岸で、よくいっしょに遊んだよな。」

え！　また、心臓がはね上がる。

覚えていてくれたんだ？

「おじさんとおばさんは、元気？　あとさ、妹。」

「あ、うん！　元気！　すごく元気！」

急に、ぱあっと心に光が射し込んできたみたい。

顔を上げると、一馬くんと目があった。

「幼稚園のとき、おじさんとおばさんには、すごくよくしてもらったから。」

「あ、あの、わたしのこと、わかってた？」

「うん。一目見たときから、わかってたよ。あ、小川桜子ちゃんだって。」

桜子ちゃん！

一馬くんにそう呼ばれたら、あまり好きじゃなかった自分の名前が、なぜだか、すごくかわいく、特別に思えて、胸がじわっと熱くなる。

「あ、あの、カズくん！」

「あ、それ、なし。恥ずかしいから、クラスでは呼ぶなよ。」

テレたような優しい笑顔。ああ、昔と変わってない。

急にわたしの中で、むくむくと力がわいてくる。

「クラス以外だったら、いいの？」

「え？」

一馬くんが頬を赤らめた。

「あ、まあ、いいけどさ。でも、オレもクラスじゃ、ほかの女子と同じように、小川って名字で呼ぶからな。」

「うん。わかった。じゃ、クラス以外は？」

「え？　桜子ちゃん……は、もうさすがにテレくさいよ。」

わたし、思いきって、言ってみる。

「あ、じゃあ、じゃあ、呼び捨てで、桜子でいいよ。」

「え！　いや、それはもっとまずいっていうか。」

一馬くんが前髪をくしゃっとかきあげて、テレてる。

表情がうんとやわらかくなって、クラスでのそっけない一馬くんと違うんだね。

やっと昔のままの素顔がのぞけたような気がして、わたしは、ほっと安心する。

「わたしは、呼び捨てでも、かまわないよ。」

「えっと。じゃあ、桜子。」

いきなり、名前を呼び捨てにされて、胸がシュワッとサイダーみたいにはじけた。

恥ずかしくて、でも、嬉しくて、まつげが震える。目頭が熱くなる。

やだ。それだけのことなのに、こんなに感動しちゃってる。

入学式から、ずいぶん経つのに、いま、やっと一馬くんと再会できた気がした。

「あの、カズくん。」

「うん？」

わたしは、やっと、ずっと伝えたかった言葉を口にした。

「一年間、よろしくね！」

第二話 五月

「ありがとう。」

「桜子、おはよう！」

早朝の通学路。海岸沿いの国道で、ルリに声をかけられた。

「ルリ、おはよう！」

「今日も吹奏楽部の朝練、がんばろ！」

通学路の右側には、青い海が広がってる。

朝の光に、透明なビーズをこぼしたみたいに波がきらめいてる。

中学に入学して、一か月。

クラスにも、少しずつなじんできて、部活も本入部になった。

フルートも、最近、やっと、きれいな音が出せるようになってきて、嬉しい。

制服やクラスや、教科ごとに先生が替わる中学の授業スタイルにも慣れてきた。

中学の勉強は、やっぱり小学校より、格段にむずかしい。

理科や社会は、覚えることも多くて大変。

でも、英語の授業は好き。

だって、わたし、英語を話せるようになるのが夢なの。

アメリカのテレビドラマや映画を見るのが好きだし、わたしたちの住んでいる神奈川県鎌倉市は、源頼朝が鎌倉幕府を開いた古都。

神社仏閣がいくつもあって、週末は観光客でいつもにぎわっている。

海外からやってくる人も多いから、ときどき英語で話しかけられることもある。

いつもあがっちゃって、しどろもどろになっちゃうんだけど、いつか、ちゃんと会話できたら、かっこいいなあって、あこがれているんだ。

「桜子。それと体育祭実行委員も、がんばって！」

ルリの声で現実に引き戻される。

「……うん。」

いま、わたしのいちばんのゆううつは、今月行われる体育祭。

「実行委員に選ばれるなんて、桜子もやるな！」

「すごいじゃない。」

パパもママも嬉しそうだったけど、真実は、そうじゃない。

実行委員なんて、はっきり言って雑用係だもん。

五月は中間テストもあって忙しいし、誰も、やりたがらないんだ。

「実行委員は、真面目でしっかり者の小川桜子さんが、いいと思います！」

なんて、クラスの男子たちに押しつけられただけ。

わたしが、言いたいことを言えない性格だってこと、すでに見抜かれてるんだ。

そのうえ、みんな、協力してくれない……。

うちの中学の体育祭では、クラスごとに応援合戦が行われるの。

歌や踊りを駆使したパフォーマンスは、体育祭の目玉のひとつ。

この応援合戦のために、体育祭までの期間、各クラスは、昼休みや放課後などの時間を使って、一生懸命練習しているんだよ。

一年一組は、いま、大人気のアイドルグループの曲。

二組は、ゲームのテーマ曲だ。

両クラスともダンスの振りつけも決まっている。

二年生や三年生は、おそろいのTシャツや衣装を用意したり、すごく凝っているの。

もしかして、なにも決まっていないのって、うちのクラスだけ？

このままでいいのかな。

ものすごく不安だよ。

でも、うちのクラスのみんなは、まるで、やる気なし。

「小川、オレ、応援より、リレーの練習をしたいから抜けるな。」

「桜子、部活が忙しいの。ごめんね。」

みんな、なにかと理由をつくって、話しあいにも参加してくれないの。

中学生になって、クラスが最初に団結する大切な行事なのにな……。

「曲や振りつけ、衣装のアイディアがあったら、どんどん提案してください。」

ホームルームで、わたしが言っても、全く反応なし。

男子は、いつもふざけているし、女子の一部は、おしゃべりに夢中。中間テストの勉強をしている子もいる。

話すら真面目に聞いてくれないなんて立場ないよ。

わたしが全部、悪いような気がしちゃう。

もう、やだ。実行委員なんて、やめたい。

わたしには、このクラスをまとめる力なんてないもの。

リーダーシップもないし、人に注意するのも苦手。

これ以上、絶対に無理。


ついこの前まで、桜でいっぱいだった校庭が、魔法みたいに緑になった。

放課後の音楽室の窓から、校庭を見下ろすと、陸上部が走り高跳びの練習をしているのが見える。

あ、一馬くんだ。

ピッ！　先生の笛の音で、一馬くんが走りだす。

大きく右から回り込んで大地から跳び上がる。背面跳び。

しなった体が、空を飛んでバーを軽々と越える。

すごいなあ。

人間って、あんなに高く跳べるんだ。

感動してしまう。

運動神経の鈍いわたしは、スポーツのできる子を、無条件で尊敬してしまう。

そして、いつも思う。

一馬くんって、背中に翼が生えているみたいだなって。

ああ、わたしも翼が欲しいな。

あんなふうに跳んでみたいな。

わたしも、体育祭っていう目の前のハードルを越えなきゃ。

自分の限界を越えて跳ばなきゃ！　って。

そのとき、はっとひらめいたんだ。

そうだ、応援合戦のテーマは翼にしよう！


「あ、あの、みなさん、聞いてください。提案があるんです……。」

翌日のショートホームルームで、わたしは教壇に立つと、勇気を出して言った。

声も足も震えている。

必死で心を落ちつけようと、大きく深呼吸する。

「応援合戦の曲ですが、『翼をください』では、どうでしょうか？」

「え？」

「わたしたち一年三組全員が大きく羽ばたく。そんな思いをこめて、この曲を選んでみたんです。あの、振りつけも、一応、考えてみたんですが……。」

ゆっくりと教室を見渡す。

みんなの不満そうな表情に、体が縮こまる。

「え～！『翼をください』？」

「合唱コンクールとかで有名な？」

「いい曲だけどさ～、ノリが悪くね？」

必死で考えてきたのに、散々悩んだ末の提案なのに、この反応。

みんなのしらけた様子に、奮い立たせた気持ちがくじけそうになる。

やっぱり、だめなんだ。わたしじゃ、だめなんだ。もう、いやだ。

どうして、わたしだけがこんな目にあわなくちゃいけないの？

「オレは賛成！」

男の子の声が響いて、はっとした。

一馬くんが立ちあがって、教室をぐるりと鋭い視線で見渡すと言った。

「反対意見のやつは、じゃあ、ほかになにかアイディアを出せよ！」

口数は少ないけど、運動も勉強もできて、クラスでは一目置かれている一馬くんの発言に、急に教室じゅうがシンとした。

「ないなら、もう時間もないんだし、まずは小川のアイディアで、やってみよう。それで、みんなで改良していけばいいと思う。」

そう言って、一馬くんが、わたしを見た。

胸がジ～ンとしびれて身動きができない。

一馬くんが、わたしを助けてくれた。

クラスの男子から、からかわれるのがいやで、教室では、わたしとは、ほとんど口もきかない一馬くんが、わたしのために勇気を出して発言してくれた。

そのことへの感謝で胸がいっぱいになる。

そして、伝えたくなる。

『翼をください』は、一馬くんを見て思いついた曲なんだよ。

「そうだよ。みんな、練習しようよ！　もう時間がないよ！」

ルリも立ちあがって、そう言ってくれた。

「このままだと、うちのクラスだけ応援合戦不参加になっちゃうよ。それでいいの？　学校行事をやらないなんて、通知表にも響いちゃうよ。」

ルリまで加勢してくれて、ありがたかった。

味方してくれる友達がいることが、涙が出るほど嬉しい。

「お願いします。いっしょに練習してください！」

わたしは、背筋を伸ばすと声を張り上げた。


「桜子、よくがんばったよね。内気な桜子があんなに勇気を出すなんて、すごいよ。」

放課後の音楽室でルリがほめてくれた。

「まさか、振りつけまで考えてきてるなんて、びっくりだよ。」

「あれ、じつはね。ほとんど、妹の杏実が考えてくれたんだ。」

「へえ、杏実ちゃんが？」

「うん。杏実は家でいつもアイドルのモノマネをして歌って踊ってるの。だから、相談してみたら、すぐにいろんなアイディアを出してくれたんだ。」

「すごいねえ。みんな、振りつけは気に入ってたみたいだし。わたしもすごくいいと思ったよ。」

「さすが、杏実。頼りになる妹。」

「でも、あがり性の桜子がみんなの前で振りつけまで披露するなんて、ほんとにえらかったよね。わたし、なんだか感動しちゃった。」

「ルリと一馬くんのおかげだよ。ふたりが、わたしの背中を押してくれたんだよ。」

「わたしはたいしたことしてないよ。やっぱり、一馬くんって、すごいよね。」

「ほんとうだよ。一馬くんの言うことなら、みんな聞くんだもん。鶴の一声だったよね。」

「いや、それもそうだけど、一馬くんって、桜子が窮地に陥ったら、さっと助けに入っちゃってさ。もうかっこよすぎだよ。」

「え？」

「桜子のこと好きだよね。じゃなきゃ、あんなふうにクラスで女子のこと、助けるわけないじゃん。」

好き！　その言葉に胸が高鳴った。

一馬くんが、わたしを好き？　え。やだ。まさか、そんなこと。

どきどき、鼓動が、どんどん速くなる。

やだ、期待しちゃだめだってば、そんなこと、まさか。

どうしよう。でも、もし、ほんとにそうだったら、どうしよう。

もし、ほんとだったら、わたし、ほんとに背中に翼が生えて、空に舞い上がっちゃうかもしれない……。

体操服姿の生徒たちが、グラウンドに飛び出していく。

今日は、体育祭——。

朝から、とってもいい天気。

当日も、朝から体育祭実行委員は大忙しなんだ。

競技に使う道具の搬入搬出や選手を招集して人数を確認したり、競技の場所まで誘導したり。時計で時間を確認しながら、進行表と見比べる。

「わあ、もうすぐだ。」

応援合戦の時間が近づいてきて、不安や緊張がピークになっていく。

一馬くんとルリのおかげで、あれからはみんなが協力してくれるようになったけれど、それでも、練習は充分じゃなかった。

もし、うまくいかなかったら、実行委員である、わたしの責任だよね。

そう思うと、胸が苦しくなって膝がガクガクする。

ああ、本番では、どうかうまくいきますように。

「では、次は、一年三組。『翼をください』です。」

アナウンスが流れてグラウンドの真ん中まで進むと、わあっと歓声があがった。

「桜子！　がんばって～！」

うわ、ママだ。ビデオカメラを構えてる。となりには、ルリのパパとママ。あ、一馬くんのご両親も来てる。

キャ〜、恥ずかしい!!
頭に血が上って、心臓がばくばくいってる。
音楽が始まる。さあ、いよいよだ。

今　私の願いごとが
叶うならば翼がほしい
この背中に鳥のように
白い翼つけて下さい
この大空に翼を広げ
飛んで行きたいよ

みんなで声をあわせて歌いながら、手拍子で立ちあがる。

フィナーレでは、全員で羽ばたく鳥の形になる。

終わった……。

失敗なく、やりきった！

「わああ。」

「やったあ！」

そして、結果発表。

なんと、一年三組は、全校三位に入賞することができたんだ。

発表の瞬間、クラスのみんなで手を取りあって喜んじゃった。

信じられなかった。

「小川、ほんとによくがんばったな。」

一馬くんが真っ先に、わたしのところに来ると、そう言ってくれて、目頭が、じわっとして、泣きそうになる。

でも、みんなの前で泣いたら、からかわれる。がまんしなくちゃ。

そう思って、涙をこらえていると、突然、わっとクラスのみんなが、わたしを取り囲んだ。

「小川、実行委員、お疲れさま！」

「最初のころ、協力しなくて、ごめんな。」

「桜子のがんばりに感動した！」

「三位入賞なんて、すごいよ！　桜子やるう！」

クラスのみんなが、口々にそう言って、わたしの頭や肩や背中を叩いてくれた。

歓喜の渦の中、胸が震える。

がまんしていた涙が、わっとあふれてくる。

正直、わたしだって、イヤイヤやっていた実行委員。

ほんとは、やめたかった。

なんども投げ出しそうになった。

でも、やめないでよかった。

弱い自分。臆病で、引っ込み思案で、人前に立つのなんか嫌いな自分。

でも、実行委員をやったことで、そのハードルを少しだけ跳び越えられた。

そう、わたしも自分の翼を持つことができたような気がする。
そのことが嬉しい。
自分には無理だと思うことだって、あえて挑戦してみるのも悪くない。
がんばってよかった。
それに、バラバラだったクラスが、やっとひとつになれたみたい。
だから、次の瞬間、心からの言葉が、わたしの口から飛び出していた。
「みんな、ほんとうにありがとう!」

「こんにちは。」

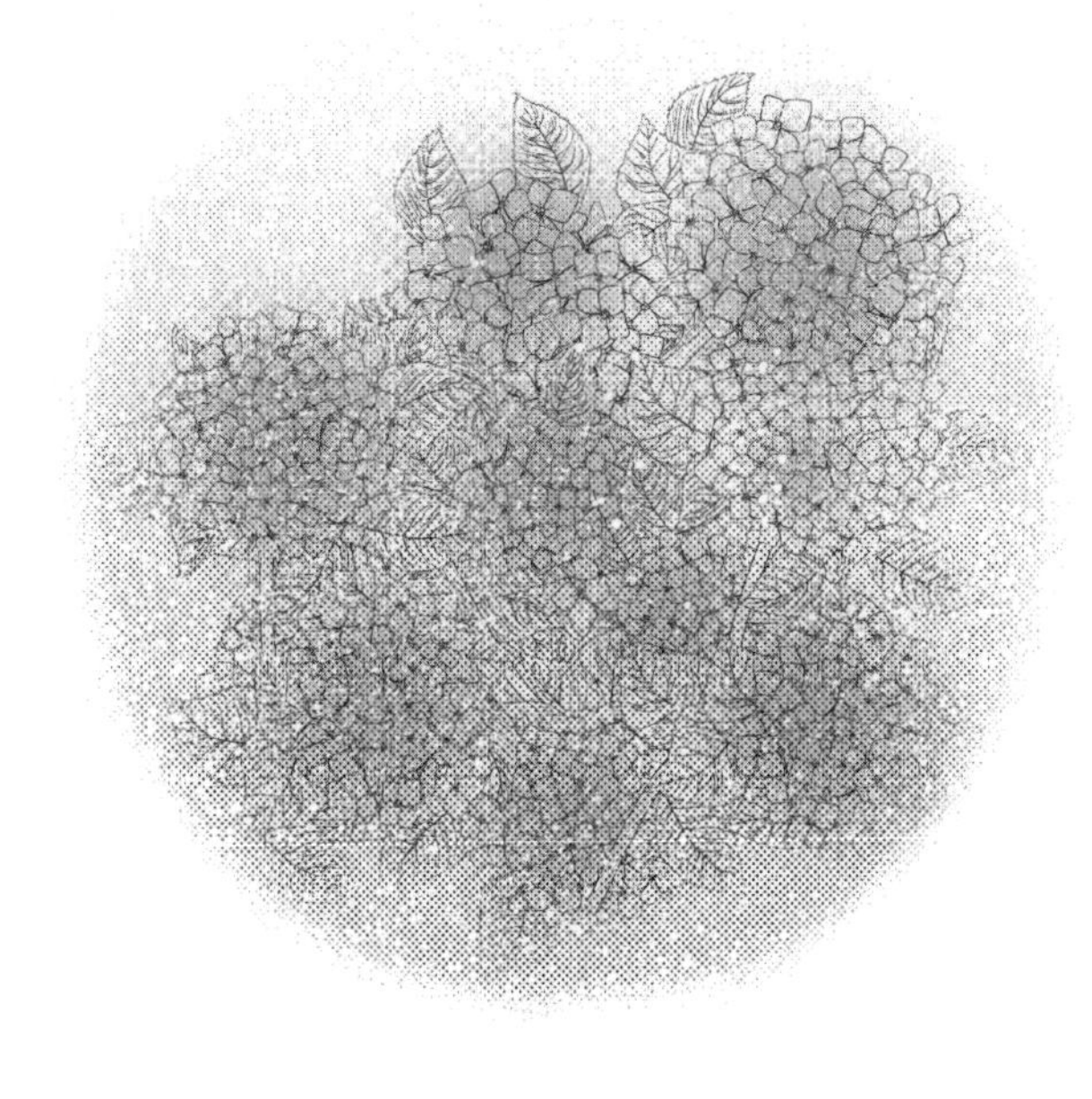

六月。今日も外は、銀色の細い雨。

窓から見える校庭の木々も、鉄棒も、花壇の紫色の紫陽花も、雨にぬれて、沈んでる。

そして、わたしの心も……。

放課後の音楽室では吹奏楽部が練習中。

だけど、なんだか集中できない。

だって、さっき、先輩に注意されちゃったんだもん……。

「小川さん。ちょっといい？」

練習前、フルートの二年生、森田先輩に音楽室の隅に呼ばれた。

いつも優しい先輩が真剣な顔をしてるから、すっごくイヤな予感がした。

なんだろう？

「ねえ、今日のお昼休み。廊下で三年生の先輩とすれ違ったのに、あいさつしなかったでしょ？」

背筋が、ひやっとする。

「え！　ほ、ほんとですか？　す、すみません！　友達と話していて気がつきませんでしるよ。」

わたし、あわてて、頭を下げる。

「先輩たちが、『小川さんって、なんで、いつもあいさつしないんだろうね。』って言ってた。」

「え！　いつも？　そんな！　あ、あの、わたし、そんなつもりじゃ……。」

「吹奏楽部は人数が多いから、あいさつも大変だと思うけど、気をつけたほうがいいよ。」

「は、はい。すみませんでした。」

あわてて、また頭を深く下げた。

ものすごくショックだった。

三年生の先輩たちに、自分がそんなふうに思われていたこと。

自分のふがいなさ。

そして、いつも優しく指導してくれる森田先輩に注意されたこと。

いろんな感情が、心に流れ込んできて、ぐるぐる渦巻いている。

先輩たちとは登下校でばったり会ったり、廊下ですれ違ったり、部活以外でも、けっこう顔をあわせる。

でも、トロいわたしは、いつも、うまくタイミングがつかめず、ちゃんとあいさつができないんだ。

だって、先輩が誰かと楽しそうに話しているときなんか、どうしたらいいのかわからなくなっちゃうんだもん。

そんなときは、軽く会釈するのがやっとだけど、それじゃあ気がついてもらえていなかったんだ。

吹奏楽部に、あこがれてた。

入学式で演奏を聴いて、さらにその思いが強くなった。

担当は希望どおりフルートになれたし、仲よしのルリもいっしょだし、最初は、期待に胸をわくわくさせてた。

でも、現実はなかなか厳しい。

吹奏楽部が、文化部イチ、忙しいなんて知らなかった。

まさか、ランニングや筋トレまであるなんて！

楽器を演奏するには体力がいるし、腹筋や背筋を鍛えたほうがいいし、肺活量が必要なのもわかる。

でも、これが、けっこうキツい。

そして、いきなり、先輩っていう存在が現れて、とまどってる。

先輩たちは、かっこいい。

演奏もうまいし、とくに三年生は、すっごく大人に見える。

だからこそ、怖いんだ。

先輩には、敬語を使わなくちゃいけないと思えば思うほど、喉がつまって声が出なくなる。男の先輩だととくにだめ。

こんなとき、音楽室の窓から、一馬くんを見られたら元気が出るのに。

でも、雨だと、陸上部は体育館で練習になるから見られない。

つまんない。早く梅雨が明ければいいのに。

「はい。では、今日の練習はここまで！」

部長が言って、みんなが帰り支度を始めると、ルリの元気のいい声が聞こえてきた。

「先輩！　昨日のドラマ、見ました？」

「見た見た！」

「かっこよかったですよねえ。わたし、主演の俳優さんの大ファンなんです！」

「わたしも！　ねえ、今度、いっしょに映画に行かない？」

「わあ、いいんですか？　行きたいです！」

え？　ルリは三年生の先輩たちと、もう、あんなに仲よくなってるんだ？

びっくりして、片付けの手が止まる。

内気なわたしと違って、明るくて、しっかり者のルリは、先輩たちにすごくかわいがられているみたい……。

同じ一年生なのに、なんで、わたしは、ルリみたいにできないんだろう。

いつの間に、わたしとルリの間に、こんなに差ができてしまったんだろう。

自分が、ふがいなくて、ルリがうらやましくて胸が痛む。

そして、明日からの先輩とのつきあいを考えると、ゆううつ。

BAND FIL

「部活、やめたい……。」

日曜日の午後。自宅のリビングで、おもわずつぶやいてしまう。

最近は先輩たちが固まっていると、自分のことを話しているんじゃないかって、ヒヤリとするようになってしまった。

被害妄想だってわかってる。自意識過剰だってわかってる。

そうしてまた自己嫌悪に陥る。

いつもその繰り返し。

「お姉ちゃんって、あいかわらず暗いよね。わたしだったら、自分から、どんどん話しかけて、先輩にめっちゃ甘えちゃうけどな！」

妹の杏実がツインテールを揺らしながら、わたしの背中を叩く。

「そんな、ふさぎ込んでないでさ。ねえ、厄払いに鶴岡八幡宮にお参りに行かない？　雨もあがったし。ぱあっと遊んじゃお！」

杏実は、わたしの返事を待たずに、もう出かける支度をしている。

わたしは、家にいるのが好きで、杏実は外で遊ぶのが好き。

インドアな姉とアウトドアな妹。

でも、こんなときは、杏実の明るさに救われる。

「そうだね、気分転換しないとね。」

わたしも立ちあがる。

杏実は、いつも、こんなふうに、わたしを助けてくれる。

雨あがりの雲間から射し込む一筋の光みたいだ。

こういうとき姉妹っていいなと、杏実の存在をありがたく思う。

そして、「暗くてふがいない姉でごめんね。」と、杏実に申し訳なくなる。


鶴岡八幡宮は、源頼朝ゆかりの由緒ある大きな神社。

鎌倉駅から歩いて十分ほど。

神社までの通りには、歴史のあるお店やお土産屋さんなどが立ち並んでいて、日曜は観光客でいっぱいだ。

「お姉ちゃん、ソフトクリームが食べたい！」

杏実が立ちどまると、キキッ！　という音を立てて、わたしの横に自転車が急停止した。

「小川！」

一馬くんだった。

「ええっ。カズくん!?」

わたしより先に、杏実が大きな声で叫んだ。

「ねえ！　わたし、杏実！　小川杏実だよ！」

「え〜！　杏実？　大きくなったなあ。」

「ひさしぶり！　お姉ちゃんと同じクラスなんでしょ？　うわさは、いろいろ聞いてる！」

「やだ。杏実！　やめてよ。」

杏実が意味ありげに笑う。

「なんだよ、うわさって！」

「いろいろね、ふふふ。」

「小川、変なこと言ってないだろうな。」

「言ってません！」

わたし、あわてちゃう。

「で、なにしてんの？　姉妹で食べ歩き？」

「ううん。お姉ちゃんが部活をやめたいって悩んでるから、鶴岡八幡宮にお参りに来たの。」

「やめる？　吹奏楽部を？」

一馬くんが驚いてる。

「もう！　杏実ってば！　なんでも話しちゃうんだもん。信じられない。違うの。カズくん。本気ってわけじゃや……。」

わたし、しどろもどろで言い訳をする。

「でも、陸上部でも、この前、やめたやついるよ。じつは、六月って、部活をやめる一年がいちばん多い月なんだって。」

「え、そうなの？」

「うん。予想してたより練習が厳しかったり、先輩とうまくいかなかったりするかららしい。」

「そっか。じつは、わたしも先輩に注意されて落ち込んでるの。先輩とのつきあいってむずかしいよね。」

「へえ。でも、注意してくれるなんて、いい先輩だよ。オレだったら、後輩に嫌われたくないし、面倒だから注意しないかも。逆ギレされたらイヤだし。」

「え？」

一馬くんの言葉に、はっとした。

そうか。森田先輩が注意してくれなかったら、わたし、先輩たちに会釈してもそれが伝わっていなかったことに気がつかなかった。

そうだよ。森田先輩は言いにくいことを、勇気を出して言ってくれたんだ。

わたしのために。

「そうか……。カズくんってすごいね。」

「え？　急になに言ってんだよ。」

「そういうふうに考えられるって深いよ。」

「そんな、マジな顔でほめられたら恥ずかしいって。じゃ、オレ、行くわ。またな。」

一馬くんは、テレくさそうに笑うと、自転車のペダルをぐいっと踏み出して、あっという間に、わたしたちの視界から消えていった。

雨に洗われた青葉がキラキラ輝いて、さわやかな六月の風が心の中を通り抜けていく。


「小川さん。最近、元気ないね？」

翌日の放課後、部活に向かう廊下で、森田先輩に声をかけられた。

「森田先輩。」

「この前注意したこと、気にしてる？　ごめんね。わたしの言い方が悪かったよね。」

「あ、いえ、そんなことないです！」

「ほんとに？　わたし、後輩に注意するのってはじめてで。ものすごく緊張してたから顔が引きつって、怖い顔してなかった？」

「いえ。言ってくださって、ありがたかったです。ほんとです！」

「ならよかった～。ほら、後輩があいさつしてくれないと、わたしって嫌われてるのかな、とか思うじゃない？　指導に不満があるのかなって。こっちも不安になるから。」

「そうなんですか？　先輩でも不安になるんですか？」

「なるに決まってるじゃない！」

わたし、驚く。

ああ、そうなんだ。先輩だって、不安だし緊張するんだよね。

とくに二年生は先輩になりたての、先輩一年生なんだもん。

「あのさ。わたしに、はじめて『先輩』って言ってくれたの、じつは、小川さんなんだよ。」

森田先輩が頬を赤らめて言った。

「え。そうだったんですか？」

「うん。そう呼ばれたとき、くすぐったかったけど、でも、すごく嬉しかったの。」

「先輩……。」

「だから、先輩としてがんばらなくちゃって思っちゃって、言わなくていいこと言っちゃってごめんね。」

S.Ogawa

「そんなことないです！　ほんとうにありがたかったです！」

「小川さん……。」

窓の外は今日も雨。

でも、六月の雨が心の中にも優しく降って、心をうるおしてくれる。

なんだ、そうだったんだ。緊張してたのは、不安なのは、わたしだけじゃなかったんだ。

先輩たちだって、後輩とうまくやれるか不安なんだ。心配なんだ。

そうだよ。

悩んでるのは、自分ひとりだけじゃないんだ。

だから、これからは、自分から笑顔で大きな声であいさつしよう。

ちゃんと気持ちが伝わるように声をかけよう。

音楽室の前に到着する。

音楽室の引き戸を開けると、ほかの先輩やみんなが振り向く。全員がわたしに注目して緊張する。

わたしは、深呼吸すると笑顔で心からの声で言った。

「こんにちは！」

第四話 七月

「嬉しい。」

「ママ、大福の散歩に行ってくるね！」

「桜子。日差しが強いから、帽子を忘れずに！」

ママが、キッチンから顔を出して叫んだ。

「は〜い。わかってます！　大福、行くよ！」

「ワン！」

犬の大福が、シッポを振りながら返事する。

日曜日の早朝、元気よく家を飛び出した。

長い梅雨が終わって、あざやかな虹といっしょに夏がやってきた。

期末試験が終われば、もうすぐ夏休み。

晴れた空は、くっきりと青く、ところどころに真っ白い雲が浮かんでいる。

「大福、海に行こう！」

自宅から海岸までは、歩いて五分もかからない。

住宅街を抜けて、国道に出る。

海に近づくと潮の香りが濃くなっていく。

浜辺に下りると、砂浜で立ち止まり、深呼吸をひとつ。

広がる海は、青い鏡。寄せては返す白い波。海を渡って吹いてくる涼しい風。

引っ越す前、夏は、この海辺で、毎日のように遊んだ。

浮き輪で泳いだり、砂の城をつくったり、ビーチボールで遊んだり。

海の家では、イチゴのかき氷を食べて、夜は、みんなで花火をした。

夏の星座が夜空にきらめいて、遠く江の島の灯台が光ってた。

そして、わたしのとなりには、いつだって、一馬くんがいた。

思い出にひたっていたら、トースト色のラブラドールレトリバーが、わたしの横を全速力で走り抜け、かろやかにジャンプして、フリスビーを口でキャッチした。

わ、かっこいい！

「お〜い、小川！　おはよう。」

名字を呼ばれて、胸がどきっと高鳴った。

一馬くんが、こっちに走ってくる。

フリスビー犬が、嬉しそうに一馬くんに飛びついて、じゃれた。

「あ、おはよう。」

心臓がどきどきする。まさか、会えるなんて。

こんな偶然、神様に感謝したくなる。

「わあ、カズくんちの犬なんだ。フリスビーができるなんてすごいね。」

「だろ？」

「飼い主に似て、ハイジャンプが得意なんだね。うちの犬はトロくて、芸はなんにもできないのになあ。」

言いながら、はっとした。

やだ。髪が、ぼさぼさだし、テキトーな服だった。

色つきリップくらいしてくればよかった。

自分がもっとかわいかったら、ルリくらいの美人だったら、もっと堂々としていられるのに。

わたし、急に自分が恥ずかしくなって、うつむきながら聞く。

「あの、犬の名前は？」

「ハビエル。」

「へえ。かっこいい。」

「走り高跳びの選手の名前なんだよ。ハビエル・ソトマヨル。バルセロナオリンピックの金メダリスト。」

「へえ。」

「そっちは？」

「……大福。」

ちょっと言うのが恥ずかしかった。

「だいふく？　和菓子の大福？」

「そう。」

「白いから？　あははは、かわいいな。」

「でしょ？」

「うん。いい。大福って感じだ。小川にぴったり！」

それ、どういう意味だろう。

「ちなみに、おじいちゃんちのシベリアンハスキーはボルシチっていうの。」

「それいい。ウケる！　小川がつけたの？」

「違う。両方とも、イトコの凜ちゃんがつけたの。」

「へええ。イトコ。」

「高校生なんだ。」

「そのイトコ、食いしん坊なんだな。大福、よろしく！」

一馬くんが、大福の背中をわしわしとなでて、大福も嬉しそう。

そして、自然に、ふたりと犬二匹で、波打ちぎわを歩きだす。

なんだかデートみたい。

意識したら、胸が、またどきどきしてきた。

「昔は海岸で、いろんなもの拾ったよな。流木とか石とか貝殻とか。」

「ガラスのかけらを宝石だって思ってたよね。わたし、ちゃんと大切に持ってるよ。」

「ほんとに？」

「うん。全部、ガラス瓶に入れて保存してある。カズくんが拾うといつもわたしにくれたでしょ？　嬉しかったな。」

わたしの宝物。

「でも、ピンク色のガラスの石は見つからなかったよな。」

「そうそう。探したけどなかったよね。」

「わたしの名前の桜色の石が欲しいって、いつも言ってたよな。」

「覚えててくれたんだ？」

幼稚園のときは、「カズくん」「桜子ちゃん」って呼びあっていた。

でも、一馬くんは、クラスでもそれ以外でもあいかわらず「小川」って名字で呼ぶ。

わたしは、名前で呼ばれたいのにな。

呼び捨てでも、かまわない。そう、伝えたのにな。

「お姉ちゃ〜ん！　待っててよう！」

振り向くと、砂浜の向こうから、杏実が、だだだっと走ってきた。

「あれえ、カズくんじゃん！　やだ、ふたりで待ちあわせてデート？　おじゃま？」

「違うって。」

一馬くんが、あわてて否定する。

「じゃ、オレ、帰るわ。」

「なによう。わたしが来るなり！」

「杏実はそうぞうしいからさあ。」

え？　杏実のことは、名前で呼ぶんだね……。

「あ、ねえ。カズくん、携帯のメアド教えてよ。」

ふいに杏実が言って、息が止まった。

「いいけど。いたずらメール、送るなよ。」

「うふふ。毎日、メールしてあげる。」

「げえ。最悪。」

ふたりで顔を見合わせて笑いながら、楽しげにアドレスを交換してる。

無邪気で明るく、社交的な杏実。

入学して三か月、わたしが言えなかった、できなかったことを、杏実は、こうしていとも簡単にやってのけてしまう。

暑いのに、心の中が、どんどん冷えていく。

ねえ、一馬くん、ついでに、わたしのアドレスは聞いてくれないの？

まさか、杏実のこと、好きなんじゃないよね？

まさかね、そんなこと。杏実はまだ小五だもの。

でも、杏実が一馬くんのこと好きだったら？

どうしよう……。ありうる……。


翌日の学校。

休み時間にルリに背中を叩かれた。

「桜子。どうしたの？　元気ないね。」

でも、小学生の妹のことで、落ち込んでるなんて、とてもじゃないけど言えないよ。

自己嫌悪。いつだって、わたしは考えすぎなんだ。

アドレスくらい気軽に聞けばいいじゃない。

「暗いなあ。もうすぐ楽しい夏休みなのに。」

「でも、その前に期末テストもあるし、夏休みは宿題も多いらしいし。おまけに、吹奏楽部は週五で部活があるんでしょ？　キツいよね～。」

「え。わたしは部活が多いほうが嬉しいけど。」

「え？　どうして？」

「あ。いや。なんでもない。」

「ルリ？　あれ？　赤くなってる？」

「……だって、部活があれば部長に会えるし。」

「え？　部長？　いま、部長って言った!?」

「やだ、桜子、声が大きいってば！」

ルリが真っ赤になった。

「え！　まさか、五十嵐先輩のこと……。」

「お願い。絶対に、誰にも内緒だよ。クラスでも、吹奏楽部でも！」

ルリが必死にわたしにお願いする。

「そうだったの!?　びっくり！　だって、いままで、そんなこと、一言も言わなかったじゃない。うわ～、いつから？」

「……。じつは、最初から、かっこいいなって思ってたの。それで、話すたびに、どんどん意識するようになって、やだ！　恥ずかしい！」

「そっかあ。気がつかないで、ごめんね。」

ルリが首を横に振る。

「三年生なんて大人すぎて、わたしは、もう最初から対象外なんだけど、ルリだったら、美人だし賢いし、明るいし、部長ともうまくいくと思うよ。」

「え？　そう？　ほんとにそう思う？」

ルリの顔が、ぱあっと明るくなる。

「でも、部長は誰にでも親切だし、人気あるし。告白して、断られたら部活で気まずくなるよね……。」

「だけど、三年生は夏で引退だよ？　告白するなら、その前がチャンスかも？」

「でも、高校受験だから、迷惑かも。って、こんなこと、うだうだ相談して、ごめん。」

「そんなことない。わたしじゃ頼りにならないし、気のきいたことも言えないけど。」

「ううん。誰にも言えなかったから、話を聞いてもらうだけでも助かる。あ〜。やっと言えた。ずっとずっと悩んでて、いつ、桜子に言おうかなって思ってたんだ。」

へえ。わたしでも、ルリの役に立てることがあるんだ。

「でも、意外。ルリでも悩むことがあるなんて。」

「あるよ〜。悩むよ。悩みなんていっぱいあるよ。悩みのない中学生なんか、ひとりもいないってば！」

「そうだよね。みんな、いろいろあるよね。ねえ、ルリ、これからは、わたしになんでも話して。」

「え？　迷惑じゃないの？」

「迷惑なわけないじゃない！　悩みを打ちあけてくれるなんて、わたしのこと信頼してくれてるんだなって思えるし。それに……。」

「それに？」

「すごく、嬉しい！」

わたしの言葉に、ルリが、パッと目を輝かせて、夏の青空みたいにさわやかな笑顔を返してくれた。

「桜子(さくらこ)、ありがと!」

「おいしいよ。」

「ああ。行きたくない……。」

夏休み。吹奏楽部は毎日のように部活がある。

行ってしまえば、ルリに会えるし楽しい。

でも、せっかくの夏休み。ちょっとは家でゴロゴロしていたいよ……。

八月。夏も真っ盛り。今日も、ものすごく暑い。

じいいいい。セミの声。暑さで、庭の草花が、ぐったりしている。

ああ、外に出る前に、日焼け止めも塗らなくちゃ。

でも、こう暑いとなにもかも面倒くさくなってしまう。

「わたし、海で泳いでくる！　ママ、水着とタオル、出して！」

妹の杏実が、ばたばたとわたしの前を横切って叫んだ。

「また？　今日は誰と行くの？」

ママがあきれたように聞く。

「カズくんだよ。」

え!?　カズくん！

「カズくんって？」

ママが聞き返す。

「永田一馬くんだよ。いっしょに泳ぐんだ。」

ウソでしょ？

でも、メアドを交換してから、しょっちゅうメールのやり取りをしているみたい。

しかも、今日は陸上部は休み……。

「カズくんといっしょなら安心だけど、迷惑かけるんじゃないわよ。わかった？」

「はーい。わかってます！」

「ほら、桜子も、ぐずぐずしてないで支度して。早く部活に行きなさい！」

ママが、あいかわらず、ガミガミ言ってる。暑いからってヒステリー！

「もう、朝から、だらだらして。宿題は進んでるの？」

「ちゃんとやってるよ！」

ウソついちゃった。じつは、ここのところサボり気味。

「はい、お弁当。」

ママがわたしにお弁当箱を渡す。

「ママ、お弁当はつくらなくていいってば！」

「え？」

「自分で、適当にパンを買って食べるよ。」

だって、ルリたちは、いつも、コンビニでお昼のサンドイッチを買ってきてる。

CMで話題の新商品だったりして、ちょっとうらやましい。

自分はママのお弁当……。

しかも、おしゃれじゃないんだもん。

煮物とか、ひじきとか、おかずが地味で、なんだか恥ずかしい。

「それじゃ、野菜が足りないでしょ？　栄養のバランスが悪いし……。」

「行ってきます！」

また、お説教が始まりそうだったので、わたしは、ママの言葉を途中で遮って、あわてて家を飛び出した。

外に出ると、夏の日差しのあまりのまぶしさに、一瞬、目を閉じる。

まぶたの裏に、一馬くんと杏実のツーショットが浮かんで、悲しくなる。

どうして、わたしのことは、誘ってくれないんだろう。


「お疲れさまでした！」

「はい、じゃ、明日もがんばろう！」

吹奏楽部の練習が終了。

ルリとふたりで学校からの帰り道を歩く。

太陽が、じりじり熱く降り注いで、まるでオーブンの中にいるみたい。

焼けこげそう。

「桜子、喉が渇いた。水分補給しよ。」

「だね。この暑さは危険。その先に自販機が……。」

そのとき、わたしたちの横に、キキッ！　車が止まった。

「ルリ！　桜子ちゃん！」

ルリのパパだった。

「わ、パパ！　なにしてるの？」

「配達の帰り。」

ルリのパパってかっこいいんだよ。

サーフショップを経営してて、当然、サーフィンがすごく上手なの。

真っ黒に日焼けしてて、Tシャツとジーンズが似合って、見た目が若々しくて、ルリのお兄さんみたい。

真面目で地味〜な、うちのパパとは違いすぎるよ。

でも、ルリは日焼けしたくないから、サーフィンはやらないんだって。

なんでも、五十嵐先輩は色白の女の子が好みらしいんだよね。

「パパ、冷たいもの、食べたい！」

「よし、ドライブしよう！」

「やったね！」

「さ、桜子ちゃんも乗って。」

「いいんですか？」

「もちろん！」

ルリのパパの車に乗って五分ほど、海岸沿いの海の見えるおしゃれなカフェテラスへ。

「わあ、ここ、一度、入ってみたかったんです！」

店内は、クーラーがきいてて涼しい。

ガラス窓の向こうは、キラキラ光る青い海。

こんなセンスのいいお店、うちのパパじゃ絶対に連れてきてくれないよ。

うちのパパ、流行りにのるのが苦手なの。質実剛健がモットー。

「ここは、フラッペがおいしいんだよ。天然の氷を使ってるんだ。口当たりがふわふわ。

それにアイスクリームと生クリームがのってる。」

「それにする！」

わたしとルリの声がハモる。

「わあ。ほんとうにおいしい！」

「最高！」

運ばれてきたフラッペを夢中で食べていると、

「桜子ちゃんもサーフィンをやってみない？　教えてあげるよ。」

ルリのパパが笑顔で言った。

「む、無理です。運動神経がよくないし。」

「じゃ、ボディボードはどう？　ボードに腹ばいになって波の上を滑るんだよ。」

「それなら楽しそうかも。」

「すごく楽しいよ、いつでも言って。」

ルリのパパが、白い歯を見せる。ほんとうに気さくなの。

「ルリは、最近はちっともボディボードやってないな。」

「やだ。日焼けしたくないんだもん。美白命！　それに、パパといっしょなんて、つまんな～い。」

「なんだ、中学でボーイフレンドでもできたか？」

「できないよ！」

「怪しいな。すぐにパパに紹介しろよ！」

いいなあ、こんなパパ。わたしだったら、すっごく自慢しちゃうな。

それに比べて、うちのパパなんか、見た目も性格も超地味。

高校の現国の先生で真面目でガンコ。

学校でも、生徒に敬遠されてるみたい。

ママも元小学校の先生。杏実を産んでから、先生をやめて、いまは、週に三日、不登校の子のカウンセリングなんかをしてる。

ふたりとも、勉強にも生活態度にも厳しいし、先生の家の子なんか、つまんないな。

友達みたいな、楽しくておもしろいパパやママがいる友達がうらやましい。


「ルリは、いいなぁ。パパがかっこよくて。ママも美人でおしゃれだもんね。」

帰りの車の後部座席で、おもわず、小声でそう言って、ため息をつくと、

「え！　わたしは、桜子がうらやましいよ。」

ルリが、そう真顔で言ったので驚いた。

「え？　ど、どこが？」

「桜子、毎日、お母さんのお手製のお弁当じゃない？　いろんなおかずが入ってて、手が

こんでて、すごくおいしそうで、いいなあって。」

「え！　意外。そんなこと思ってたの？」

ルリが、さらに声をひそめる。

「うん。だって、うちのママ、家事嫌いを公言してるんだよ。サーフショップがあるから忙しいのはわかるけど、料理は超手抜き。家にいるときだって、お昼はカップラーメンとか、夜は、出前のピザとかしょっちゅうだもん。ママの手づくりのお弁当なんて、すっごくぜいたくだし、愛されてるって感じ〜。」

ルリの言葉に、はっとした。

自分は、毎日の部活を面倒くさいと思ってた。

でも、ママは、そんなわたしのお弁当を毎日、面倒くさがらずにつくってくれてるんだ。

家族のために、食事を用意して、掃除して、洗濯して、買い物をして、庭の手入れをして、働き回ってるママ。

わたしは、そのことを当たり前に思ってた。

でも、違うんだ。それって、とってもありがたいことなんだ。

なのに感謝するどころか、今朝は、あんなに反抗的な態度をとってしまった。

わたしって、なんてだめな娘なんだろう。

ママ、ごめんね。それから、パパにもごめんね。

心の中で謝った。


「ただいま。」

家に帰ると、ママがひとり、肩を落として、ソファに座ってた。

家族には、あまり見せない疲れた横顔を見ていたら、ふいに泣きそうになっちゃった。

「ママ、いつも、お弁当、ありがとう。」

空になったお弁当箱を差し出す。

「あら、桜子、おかえり。なによ。突然、どうしたのよ？」

ママが笑いながら、わたしの顔を見た。

「はいはい。わかったわよ。」

「え？」

「明日はお金をあげるから、パンでもなんでも、好きなものを買って食べなさい。」

「違う。そうじゃないの！　わたしはママのお弁当がいい！」

「え？」

ママがびっくりしてる。

「あのね。言ったことなかったけどね。」

「なによ？」

「ママのお弁当……。」

わたしは、ちょっと恥ずかしくなって、ママに背を向けると叫んだ。

「いつも、すっごくおいしいよ！」

「桜子……？」

「ママ、あのね。わたし、夏休みの間は、なるべく家事を手伝うから。さあ、花壇に水やりしてこよう！」

そう言うと、少しだけ軽くなった心を抱えて、夕暮れの夏の庭に飛び出した。

第六話（だいわ）
九月（がつ）

「よかったね。」

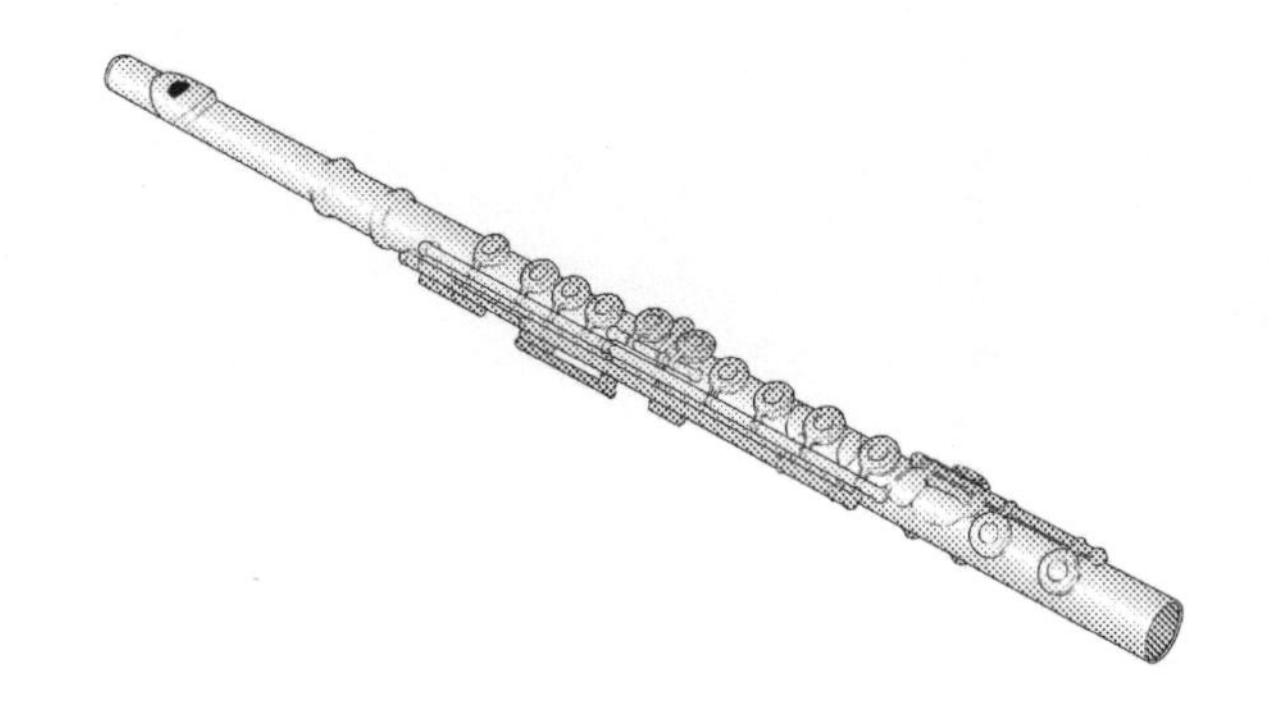

「夏休み、終わっちゃったね。」

「もう九月か〜。」

放課後。ルリとふたり並んで音楽室へと急ぐ。

「三年生も引退しちゃったね。」

「寂しくなるなあ。」

ルリがため息をつく。

「卒業まで、あと半年か……。」

ルリは、前部長の五十嵐先輩に片思いしてる。

「部長に受験のお守り、渡したの？」

「まだ。だって、迷惑だったら、どうしよう。」

いつもハキハキしているルリが、先輩のことになると、とたんに気が弱くなっちゃう。

でも、こういうルリもかわいくて嫌いじゃない。

「お守りなら、気軽に受け取ってくれるよ。」

「だと、いいけど。ねえ、自分こそ、一馬くんとはどうなのよ？」

「え？　どうって、べ、別に、なんにもないよ。」

一馬くんと自分の小五の妹の仲がいいのに、やきもきしてる。

なんて、恥ずかしくて言えないよ……。

「それより、ねえ、定期演奏会のこと聞いた？」

わたしは、あわてて話題を変える。

「次のオータムコンサートでは、ソロは全部、一年生にやらせるって、先生が言ってたって。」

「え？　ほんと？」

吹奏楽部は、最大の行事である夏のコンクールが終わって、次は、来月、市民会館で行われるオータムコンサートに向けて練習している。

三年生が引退して、一・二年生の新体制になってはじめての演奏会だから、がんばらなくちゃね。

「『魔法にかけられて』を演奏するでしょ？　あの曲には、フルートソロがあるじゃない？　だから、ルリが選ばれるんじゃないかな。」

「え？　そう思う？」

「だって、一年の中じゃ、いちばんうまいもん。」

「もし、そうだとしたら、嬉しいな。やってみたい！　パパとママも見に来る予定だし。」

ルリの瞳がキラキラしてる。

素直に、そう言えるルリが、うらやましい。

吹奏楽部に入る前は、サックスやトランペットに比べたら、フルートのほうが簡単かなと思ってたけど、甘かった。

肺活量も必要だし、腹筋も使う。

体力のないわたしは、酸欠状態になることもあるほど。

わたしも、ひそかにソロにはあこがれてるけど、わたしの実力じゃ、選ばれっこないよね。

目立つのが苦手だから、それでいいんだけど、そう思う自分が、少し情けなくもある。

ほんとうは、もっと自分の実力以上のことを望まないといけないいんじゃない？

じゃなきゃ、いつまでたっても、このままなんじゃない？

ずっと、このままでいいの？

一度しかない人生、引っ込み思案なままで、それでいいの？


「次の定期演奏会のソロ担当を発表する。まずは、クラリネット。」

顧問の大原先生が言った。

「『魔法にかけられて』のクラリネットソロは一年の和田梓。」

わっと拍手が起こる。

「すっごく嬉しいです！　がんばります！」

和田さんが頬を紅潮させている。

「和田さんなら、当然だよね。小学生のときからの経験者でうまいもんね。」

「梓！　やったね。」

「ありがとう。」

「次、フルートソロは一年の、」

ルリが、祈るように胸の前で指を組む。

「佐野朱里。」

誰もが、予想していない名前だった。

「ええ！　わたし!?」

佐野さん本人も、すごくびっくりしてる。

「ウソ？」

「どうして？」

「中里ルリじゃないの？」

音楽室のあちこちから驚きの声がもれる。

え？

わたしとルリも驚いて、顔を見合わせる。

「静かに！」

先生がみんなを制した。

「以上。みんな、力をあわせてがんばるように！」

シーン。音楽室じゅうに重い空気が流れてる。

わたしの心にも、もやもやと黒い霧が広がる。

え。佐野さんなの？　佐野さんなら、わたしと同じレベルじゃない。

なんだか、素直に祝福できないよ……。

先生が出ていくと、フルートの一年生が、つぶやくように言った。

「どうして、佐野さんなの？」

「納得できな～い。」

「ルリのほうがうまいのに。」

「だよね。」

「おかしくない？　先生のえこひいきだよ！」

みんなの声が、どんどん大きくなって、さっきまで嬉しそうだった佐野さんの顔が、みるみる蒼白になっていく。

「実力もないのに、ずうずうしいよね。」

「ルリにゆずるべきだよ。」

え、それは言いすぎなんじゃ。

わたしがハラハラしていると。

「あ、あの、わたし、お先に失礼します。」

佐野さんが、そう言って、逃げるように音楽室から出ていった。

ソロに選ばれるのって、すごく名誉で嬉しいことのはずなのに……。

いくらなんでも、かわいそうだよ。

「ずいぶん騒がしいな。」

そのとき、入り口で五十嵐先輩の声がした。

「わ、部長！」

みんなが、わっと先輩に駆け寄った。

ルリが、嬉しそうに頬を赤らめている。

「正しくは前部長だけどな。なんかあったのか？」

「オータムコンサートのフルートのソロに一年の佐野さんが選ばれたんです。」

「へえ？」

「わたしたち納得できません！　先輩から、先生に言ってくださいよ！」

フルートの一年が先輩に直訴してる。

「なんでだよ？　先生が選んだんだろ？」

「でも！　佐野さんは特別にうまいわけじゃないんですよ。ずるい。」

「そうか。」

先輩が腕組みをしてから、静かな、でも威厳のある声で言った。

「オレも一年のとき、オータムコンサートでサックスのソロパートをまかされたことがあるんだ。」

「先輩なら、うまいし当然です！」

「いや、一年のときは、すごく下手だったんだ。当たり前だろ？　誰でも最初は初心者なんだから。」

先輩が笑いながら、続けた。

「そんな自分が選ばれたことで、いまみたいに、部の雰囲気が悪くなっちゃって。先生に『無理です。』って、辞退を申し出たんだよ。」

「ええ、先輩が？」

わたしとルリもおもわず声を出してしまう。

「そのときに先生に言われたんだよ。『無理？　そう言っていたら、なんにもできないぞ。できるかできないかは、やってみなくちゃ、試してみなくちゃわからないだろ？』って。」

先輩の言葉に音楽室にいた全員がシンとなった。

「『無理なことでも、ひとつひとつ経験を積むことで、それが自信となって、うまくなるんだ。』って。それで勇気を出して、がんばってみることにしたんだ。不安だったけど、重圧だったけど、そこで猛練習したら、それまでの自分を越えられた。」

「でも！」

部員の言葉を目で制して、先輩が言った。

「みんなで佐野を応援しようよ。佐野がうまくなることは、吹奏楽部みんなのためにもなるんだぞ。吹奏楽部はチームなんだから。それを忘れずに！」

「あ！」

先輩の言葉に、みんなが、はっとした。

そうだ。佐野さんがうまくなれば、成功すれば、吹奏楽部みんなの、わたしたちのためにもなるんだ。

選ばれた誰かを引きずり下ろすのではなく、やる気をみんなで引き出して、集団として、よくなるほうを選ぶべきなんだ。

ここで、個人の不満をぶつけるべきじゃない。

「選ばれたってことは、先生は、佐野の秘めた実力に期待しているってことなんだよ。そして、佐野だけじゃない、ここにいる全員がまだ見ぬ力を持っているんだよ。みんなに、次のチャンスは、ちゃんとめぐってくる。もし、そのときに、こんなふうに、誰も喜んでくれなかったら、どう思う?」

「……すごく悲しいです。」

ルリが悲しそうな顔でうつむいた。

「わかってくれればいいんだ。みんなで佐野を応援しよう。」

「先輩って、やっぱりすごいです。尊敬します!」

「え? いや、それほどのことじゃ……。」

ルリのまっすぐな言葉に、先輩が驚いて、そして、テレたように頭をかいた。

「ねえ、ルリ、佐野さんを追いかけようよ！」

わたしもルリに声をかける。

「うん！」

わたしとルリは、あわてて音楽室を飛び出した。


「佐野さん！」

「小川さん？　あ、中里さんも。」

昇降口で靴をはいていた佐野さんが振り返って、ルリの顔を見ると、おびえた表情であとずさった。

「ご、ごめんなさい。あの、わたし、ソロは辞退するから。だって、中里さんがやるべきだと、わたしも思うし。だから、」

「そんなことないって！」

ルリが叫んだ。

「先生に期待されているから選ばれたんだよ。自信を持って。がんばって！」

「でも、わたし、下手だし。吹奏楽部のみんなから好かれてないし。さっきのみんなの反応、正直、ショックだった……すごく。」

「佐野さん。」

「だから、わたし、ステージで、失敗する。絶対に、うまくできっこない。わたし、わたし、辞退する。」

そう言うと、佐野さんの顔がゆがんで、目から涙があふれて、頬にポロポロ、こぼれ落ちた。

胸が痛い。佐野さんを傷つけたのは、ほかでもないわたしたちなんだ。

「ごめんね。佐野さん、ごめん。」

「ううん。わかってるの。自分が下手なこと。だから、みんながそう思うだろうなって。でも、でもね。そんなわたしだって、やっぱり先生に名前を呼ばれたときは、嬉しかったの。すごく嬉しかったの。ばかみたい……。」

「そんなことないよ。誰だって嬉しいよ！」

わたしは、佐野さんの手を取った。

「さっきは、すぐに言えなくて、ごめんね。」

「うらやましかっただけなの。」

ルリも佐野さんの手を握る。

「え？」

わたしとルリの声がハモる。

「おめでとう！」

わたしたちの言葉に、佐野さんが、やっと笑顔になった。

「よかったね！」

第七話　十月

「やめなよ。」

「うわ～、いい感じ！」

「最高！」

歌い終わると、クラスのあちこちから拍手が巻き起こる。

「めざせ、最優秀賞！」

十月の放課後。

一年三組は、合唱コンクールの練習で盛り上がっている。

とくに女子は、すごく真面目に取り組んでいる。

ときどき、ふざける男子がいて、女子とケンカになることもあるけど、全体的に雰囲気はいい。

五月の体育祭の応援合戦のときとは、ずいぶん違う。

今回は、クラスが一丸となって、最初からがんばっているんだ。入賞も期待できるレベルまで、仕上がってると思う。

一年生の課題曲は『旅立ちの日に』。

合唱は混声三部。まずは、それぞれのパート別に練習して、最後は全員で合唱するのが日課。

今日は音楽室が借りられたので、ピアノの伴奏つき。

伴奏を担当するのは、ルリだ。

合唱コンクールでピアノを弾くのが、あこがれだったというルリは自分で立候補して、先生とクラスにアピールして、自分でその座を勝ち取った。

さすがに堂々としていて、演奏も完璧。

ルリ。わたし、わかっているよ。

この曲に、卒業していく五十嵐先輩への思いをこめているってこと。だから、ルリは、人一倍、熱心なんだよね。

担任の国木田先生が言う。

「コンクールでは、歌のハーモニーだけではなく、姿勢、目線、発声、表情やリズムに乗る体の動き。歌詞に感情がこもっているか、強弱がついているかどうか。細かいところまで審査されるから、それぞれ工夫するように。」

「はい！」

クラス全員の声が、またハモった。

それにしても、合唱っておもしろい。

人の意外な一面が見られる。

ふだん、おとなしい男子が元気に大声で歌っていたり、ふだんは派手なグループの女子が、急に自信なげに弱々しく歌っていたりする。

そして、大勢で歌っていても、わたしの耳は、高感度のアンテナになって、ちゃんと一馬くんの声を捉えてる。

一馬くんはね、すっごくいい声。上手なんだ。

意外な新発見に嬉しくなる。


「小川。」

帰りの校庭で、ふいに一馬くんに話しかけられて、どきっとした。

「なあ、ピアノうまいんだって？　なんで、伴奏に立候補しなかったんだよ？」

「え？　なんで、わたしがピアノを弾けること知ってるの!?」

わたしは、びっくり。

じつは、わたしも小学一年からピアノを習っているの。

でも、ルリの気持ちを知っていたから、ピアノの経験者ってことは黙ってた。

それに、どうせ、大事な舞台では、あがってミスしちゃうと思うし……。

「杏実が、うちのお姉ちゃんは、すごくピアノがうまいって自慢してたぞ。課題曲も家で弾いてるって。」

「もう！　杏実ったら、なんでもしゃべっちゃうんだから！」

「イトコの影響で習い始めたんだって？」

「うん。蘭ちゃんっていうんだけど、ものすごく美人でピアノが上手なの。」

「へえ。ほんとはコンクールでも、弾いてみたかったんじゃないの？」

「でも、ルリのほうが向いてると思うし。」

「オレ、小川の演奏も聴いてみたかったけどな。残念。」

「え？　ほんとうに？」

胸が高鳴る。

「あ、あの、そ、それより、杏実が、いつも迷惑かけてない？」

「迷惑じゃないよ。」

「ほんとう？」

「杏実って、明るくて性格がいいし。すごくかわいいし。」

かわいい？

その言葉が、ぐさっと心臓に突き刺さる。

まさか、一馬くん、本気で杏実のことを、好きなんじゃないよね？

舞い上がってた心が、急降下する。まるで、ジェットコースターみたいだ。


「ええ！　ルリが盲腸で緊急入院？」

コンクール当日の朝、先生から告げられた最悪のニュースに、クラス全員が動揺した。

「ど、どうするんだよ？」

「伴奏は？」

「もしかして辞退とか？」

「そんなまさか。」

一馬くんが立ちあがると言った。

「先生。小川が弾けます！」

「え！」

クラス全員の目が、わたしに集中する。

やだ！　一馬くん、なに言いだすのよ！

「小川、ほんとうか？」

先生が聞いてくる。

「あ、えと、はい。一応は。」

「ほかには誰かいるか？」

クラスじゅうがシンとなる。

「よし、じゃあ、小川、頼めるな？」

「え！」

「じゃ、いまからすぐに、音楽室であわせてみよう。よし、みんな移動だ。」

えええ！

体育館の座席は、生徒の家族たちで埋まっていて、すごい熱気だ。

練習できたのは、本番前にたった一回だけだった。

でも、自分でも割とうまく弾けたと思う。

先生が言う。

「みんな、大丈夫だ。全員で心をひとつにして、この危機を乗り越えよう！ 小川、突然だけど頼むな。」

「はい！」

グランドピアノの前に座る。楽譜を広げる。

心臓がばくばくする。緊張のため顔がこわばっているのが、自分でもわかる。

委員長が真ん中の指揮台の上に立ち、腕を上げる。

スタートの合図で、わたしはピアノを弾き始める。

心臓が早鐘のように打つ。

白い光りの中に
山なみは萌えて
遥かな空の果てまでも
君は飛び立つ

ピアノの伴奏と一年三組のみんなの声が重なって、ひとつになる。
まるで、大きな光の毛布に全員が包まれているみたい。
歌音が、大きな大きな固まりになって会場にあふれる。
演奏しながら、全身が感動でしびれる。なんて、すごいんだろう。
なんて美しい歌声なんだろう。
「わあ！」
歌い終わると、会場は大きな拍手に包まれた。
ぼうっとして、なかなか現実に戻れない。

感極まって涙があふれる。やりきった。

よかった。失敗しないで、演奏を終えられた。

「桜子、ピアノ、うまいじゃない！」

「小川、よかったぞ！」

クラスのみんなが口々に賞賛してくれて、素直に誇らしい気分になった。


現実に戻ったのは、全学年の合唱が終わって、選考結果の発表のときだった。

結果、入賞はできなかった……。

「どうして？　くやしい。」

教室へ戻る廊下で、クラスの女子が泣き始める。

「あんなにあんなにがんばったのに。」

「ルリのせいだよ。」

「そう、中里ルリが休んだのがいけないんだ！」

「それで、調子が出なかったんだよね。」

ルリへの悪口が始まり、わたしは息がつまった。

そんな。誰よりもこのステージに出たかったのはルリだったのに。

そんなのひどすぎるよ。これ以上、聞きたくない！

ふいに強い気持ちがわいてきて、わたしはおもわず叫んでいた。

「やめなよ！」

女子たちが、はっとわたしを見る。

「ルリは急病だったんだよ。本人がいちばん、がっかりしてるんだよ。落ち込んでるはずだよ。なのに、そんな言い方ってないよ。責めるなら、わたしの下手な演奏を責めてよ！」

「桜子……。」

「みんなの合唱は、すごくよかったよ。過去最高だった。練習の成果は出ていたよ。わたし、聴いていてすごく感動したもの。だから、ルリを責めるのだけはやめて。ルリがかわいそうだよ！」

わたしは、そう言うと、みんなに背を向けてその場から駆けだした。

だって、涙がこぼれそうだったから。
「桜子、待ってよ！」

帰り道。海辺に出てひとりになると、砂浜に泣きながらしゃがみ込んだ。
十月の海風は冷たい。
ザザーン。ザザーン。打ち寄せる波の音が、まるでリズムみたいだ。
その波のリズムにあわせて、わたしはおもわず、小さく課題曲の歌を口ずさむ。

意味もない　いさかいに
泣いたあのとき

歌詞にいまの状況が重なる。
その途中で、ふいに、わたしの歌声に男の子の声が重なった。

心かよったうれしさに
抱き合った日よ

驚いて振り向くと、そこには一馬くんが立っていた。
ふたりの声がまじりあって、十月の海風に乗って、美しいハーモニーになる。
わっとあふれた涙が、また止まらなくなる。
大丈夫。わたし、また明日から、がんばれる。

飛び立とう
未来信じて

ふたりが歌い終わると、夕暮れの淡いブルーの空に、星がひとつ、ふたつ、またたき始めた。
「帰ろう。」

一馬くんに言われて、立ちあがった。

「うん。」

先に歩きだした一馬くんの後ろ姿を追って、砂を踏みしめながら歩いていく。

江の島の灯台の明かりが光ってる。

気持ちがゆるく解けていく。

一馬くんがいてくれてよかった。

「小川、今日は、よくがんばった。」

「うん。」

「ピアノもだけど、さっきの一言、しびれたな。」

「え？　わたし、なんて言ってた？」

一馬くんは、わたしの声色を真似た。

「やめなよ！」

「やだ。聞いてたの？　恥ずかしい！」

わたしは、一馬くんの背中をバシバシ、叩く。

「いや、かっこよかったぞ。」

一馬くんが振り返って、笑顔を見せてくれた。

第八話　十一月

「ごめんなさい。」

「え！　今度の期末テスト、九教科もあるの？　それ、どういうこと？」

わたし、あせって、佐野さんに聞き返す。

部活終了後の音楽室。

十一月。日が短くなって、外はもう真っ暗。

佐野さんとは、オータムコンサートの一件から、よく話すようになって、ぐっと仲よくなったんだ。

おとなしくて、口べたな佐野さんとは性格が似ているせいか妙に気があう。

もっと早く話をすればよかったな。

「英語、数学、国語、理科、社会で五教科じゃないの？」

「実技教科も試験があるんだよ。技術・家庭、保健体育、音楽に美術のペーパーテスト。」

「ペーパーテストって、どんな問題が出るの？」

「例えば、音楽なら作曲家や楽曲、楽器の名前。美術なら画家や彫刻家、作品、美術史とか。」

「うそ〜！　ショック。勉強が間にあわないよ。」

オータムコンサート、合唱コンクール、文化祭に写生大会。

行事が目白押しの十月が終わったと思ったら、息つくひまもなく、今度は期末テストだなんて。

とくに文化祭は、吹奏楽部の演奏会とクラスの出し物と両方あって、目が回りそうだった。

それで、ついつい授業の予習復習が後回しになってた。

本気で、まずい！

二学期になってから、授業がどんどんむずかしくなって、とくに数学に、ついていけてないのに。

うわあ。どうしよう。

あと、二週間で九教科の勉強なんて、無理！

「小川さん。あの、お願いがあるんだけど。」

佐野さんが遠慮がちに言う。

「え？　なに？」

「あのね。わたしのこと、名字じゃなくて、名前で呼んでほしいの。」

佐野さんがテレて頭をかいた。

「え？　名前で呼んでもいいの？」

わたしも、そう呼びたいって思ってたんだ。

「もちろん。」

「あ、じゃあ、わたしも桜子って呼んで。」

「わあ、よかった。嬉しい。」

佐野さんが、急に小声でわたしにささやく。

「ねえ、中里さん、最近、元気がないね？」

「あ、うん……。」

いまも、ルリはひとり、窓ぎわで、ぼんやり十一月の暗い空を眺めてる。

そう、わたしも気になってた。

先月、急性の盲腸で入院したルリ。手術して無事に退院したんだけど、あれ以来、ずっと元気がないの。

合唱コンクールでピアノの伴奏ができなかったことを、まだ気にしているのかな。

「ね、ルリ？　いっしょに帰ろう。」

背中に声をかけると、ルリがゆっくりと振り向いた。

寂しげな顔にどきっとする。

「まだ、体の調子がよくないの？　大丈夫？」

「違うの。なんだか自己嫌悪で……。」

「え？」

「わたし、ピアノもフルートもうまいってうぬぼれてたのかも。オータムコンサートでの佐野さんのソロは、すごく立派だったし、合唱コンクールの桜子のピアノの伴奏もすごくよかったって聞いて。わたしって、なんか、ばかみたいだなって。」

「そんなことないよ！　ルリは、すごいってば！」

「ねえ、ほんとは桜子も、ピアノの伴奏したかったんでしょ？　気がつかなくて、自分のことだけ主張して、ごめんね。」

「そんな……。」

「それに、桜子は、最近じゃ、わたしより佐野さんとのほうが気があってるみたいだし。ごめん、わたし、先に帰るね。」

「え？　ルリ！　待って！」

わたしが止めたのに、ルリは逃げるように音楽室から出ていってしまった。


あれから、教室でも、吹奏楽部でも、ルリとぎこちないの。

なんだか、ルリに避けられてる……。

ルリは社交的で人気者で、わたし以外にも仲のいい子がたくさんいるけど、わたし、ルリがいないと教室じゃひとりになっちゃう。

やだよ、こんなの……。

期末テストも勉強の計画を立ててがんばったけど、ルリのことが気になって、集中できなかったんだ。


「はあ。」

ため息が出ちゃう。

自宅の庭に出る。十一月のひんやりした空気。

いつのまにか、季節は秋から冬へ。

想像どおり、戻ってきたテストの結果は最悪だった。

ルリとは、ぎくしゃくしてるし。一馬くんと杏実は、あいかわらず仲がいいし。

庭のサザンカのあざやかな赤が目にしみて、ふいに泣いちゃいそうになる。

「桜子、庭にいるのか？　ちょっと来なさい。」

どきっ。パパに強い口調で呼ばれて、キッチンのテーブルで向かいあう。

「期末テストは、いったいどうしたんだ？　まさか、ここまでひどい点数とは……。」

パパが怖い顔をしている。

「だって、二学期は部活も学校行事も多くて、忙しかったし……。」

「それは、みんなも同じだろう？」

「だから、クラスの平均点も低かったって。」

「言い訳ばかりするんじゃない！」

パパが語気を荒くした。

「要するに努力が足りないってことだ。」

「努力？　努力ならしてるよ！」

十月は、自分史上、最高に忙しかったよ。

わたしは、自分なりに精一杯がんばったんだ。

テスト勉強だって、必死にやったよ。

もうへとへとだよ。限界だよ。

「パパだって、オータムコンサート、見てくれたでしょ？　文化祭だって、ほめてくれたじゃない。」

「でも、勉強がおろそかになったら、本末転倒だ。」

「そんな……。」

「これからは、もっとがんばりなさい！」

パパの一方的な言い方に、かっと頭に血が上った。

わたし、がんばってるよ。

「もう、これ以上、がんばれない！」

ガタン！　乱暴に音を立てて、わたしは椅子から立ちあがった。

「桜子？」

パパが驚いた顔をしている。わたし、口ごたえしたことなんか、なかったから。

「パパは成績だけでしか、わたしを認めてくれないの？」

そう叫ぶと、二階の自分の部屋に駆け込んだ。


「桜子、おはよう。」

翌朝のキッチン。パパにあいさつされたけど、わたしは、無視。

「桜子、コーヒーは？」

ママが気をつかって話しかけてくれる。

でも、パパと同じテーブルにつくのがイヤで、

「朝ごはん、いらない。行ってくる！」

不機嫌にそう言うと、家を飛び出した。

学校への道を足早に歩く。冷たい十一月の風が頬を叩く。

ママにも八つ当たりしちゃった。

心の底まで冷えてきて、泣きたくなる。

ほんとは、なるべく人に優しくしたいと思ってるよ。

でも、中学生には、勉強以外にも、友達や恋や、いろんな悩みがあるんだよ。

ずっといいこでなんかいられないよ。

「桜子！　待ちなさい！」

呼ばれて、振り返ると、パパが息を切らして走ってくる。

やだ、また、お説教？

わたし、ぱっと身をひるがえして、パパから逃げようとすると、ズサッ！　背後でいやな音がして振り向いたら、パパが転んでた。

「やだ！　パパ、大丈夫!?　ケガはない？」

わたしは、あわててパパに駆け寄る。

もう、パパって、運動神経も悪いんだから。

もう、いやになるくらい、わたしって、パパ似だ。

「大丈夫だ。ごめん、ごめん。」

パパが立ちあがる。

「忘れ物だぞ。ほら、プリント。」

「あ、やだ。忘れ物？」

「なあ、桜子、昨日は悪かった。」

え。ガンコなパパが先に謝ってくるなんて、ものすごくびっくりした。

「桜子は、部活も文化祭も合唱コンクールも、がんばった。それはよくわかってるんだ。」

「パパ……。」

「つい心配になってキツい言い方をして悪かった。でも、これだけは、わかってほしい。パパは、桜子のことを、すごく大事に思っているってこと。」

そう言ってからパパが寂しそうな顔になる。

「いつもおとなしい桜子が口ごたえするなんて驚いたな。桜子も、もう大人になったんだな。」

そう言いながら、パパの目がうるんでいるんだもん。

やだ、どうしたの？

わたしまで、つられて泣いちゃいそうになるじゃない。

「パパ。忘れ物、届けてくれてありがとう。」

「コケちゃって、かっこ悪かったよな。」

「ううん。そんなことない。」

わたし、頭を下げた。

ダサいなんて思って、ごめんなさい。

パパは、わたしの忘れ物を届けてくれたのに、そういうガキっぽい自分がイヤになる。

もう中学生なのに。

だから、ちゃんと謝ろう。

うやむやにしないで、言葉にしよう。

「わたしのほうこそ、ひどい態度をとって、ごめんなさい！」

わたしの言葉にパパが優しく微笑んでくれた。

「がんばる。」

十二月。街はクリスマスの色。

クリスマスには、なつかしい思い出がある。

幼稚園のとき、一馬くんの家族とうちの家族で、クリスマスのパーティーをした。

みんなでツリーの飾りつけをして、一馬くんと、銀色の星や天使やトナカイのオーナメントを競うようにつけた。

できあがったツリーは、色とりどりの電球がチカチカ点滅して、すっごくキレイだった。

ふたりで手をつないで、いつまでもツリーを見上げていたよね。

また、いつか、あんなふうに、一馬くんといっしょにクリスマスが過ごせたら、いいな。

いまの一馬くんと自分が、手をつないだところを想像して、ものすごく恥ずかしくなる。

やだ。わたしってば、なにを考えているんだろ！

でも、一馬くん、いつも、わたしのこと、助けてくれたり、背中を押してくれたりするよね。

体育祭のときも、合唱コンクールのときも。

ふだんは、ぶっきらぼうだけど、ここぞというときには、親切で優しい。

笑顔は、昔のまんま。

だから、わたし、好きでいてもいいよね？

このまま、好きでいても迷惑じゃないよね？


「桜子。一馬くんと、おさななじみなんだって？」

十二月の放課後、教室で帰り支度をしていたら、クラスの大久保さんに声をかけられた。

いきなりでびっくりしちゃった。

「そうだけど？」

「ねえ、一馬くんって、彼女いるのかな？」

胸がどきっとした。

「えっ。い、いないと思うけど。どうして？」

「最近、女の子と犬の散歩をしてるらしいんだよね。」

「あ、それ、うちの小学生の妹だよ。」

「そうなの？　な〜んだ。友達がね、心配してたから。」

「友達？」

「内緒だよ。一組の柏木沙耶。」

「え！　柏木さん！　ウ、ウソ！」

ガーン。雷に打たれたみたいに、ショック。

柏木さんは華やかな美人で、校内有名人。男子の間でも絶大な人気を誇ってるんだ。

「柏木さんって、一馬くんのこと好きなの？」

「うん。」

ものすごいライバル登場に、頭がクラクラする。

わたし、完全に負けてるよ……。

「やだ、そんなに動揺しちゃって。まさか、桜子も一馬くんのこと好きとか？」

「ま、まさか！　そんなわけない！」

わたし、ぶんぶん、顔を横に振る。

「よかった。じゃ、沙耶のこと、応援してあげてね！」

応援？　そんなこと、わたしに頼まないで！

でも、でも、どうしよう。

一馬くんって、あれで、けっこうモテるんだ？

そんなに目立つほうじゃないから、わたし、すっかり油断してたかも。まいったな。

あせって、おもわず、ルリのほうを見る。

一瞬、目があったけど、でも、ルリはすっと目をそらして、教室から出ていっちゃった。

え。ショックで目の前が暗くなる。

あれから、ずっとルリに避けられてる。

親しい友達に無視されることが、こんなに、つらくて、寂しいなんて思わなかった。

ねえ、ルリ、このまま、わたしたち離れちゃうの？

もう、わたしのこと、嫌いなの？

こうなってから、すごく思い知らされる。

ルリの存在が、わたしにとって、どれだけ大きかったのか……。


帰宅して、家のリビングで、ぼうっとしていたら、

「ただいま！」

元気よく、杏実が帰ってきた。

「お姉ちゃん、どうしたの？　また暗い顔して。」

「べ、別になんでもない。」

口では強がって、そう言ったけど、ルリのことを考えると、胸が押しつぶされそうで苦しいんだ。それから、柏木さんも気になるし……。

「さっきもカズくんが心配してたよ。最近、お姉ちゃんが、クラスでも元気がないって。」

「え？　カズくんといっしょだったの？」

「うん。大福とハビエルの散歩に行ってたんだ。」

杏実って、ほんとうに一馬くんと仲がいいよね。

柏木さんも心配してるんだからね。

「わたし、中学に入ったら、陸上部に入ろうかな。走り高跳びが、やりたくなっちゃった。」

杏実がぴょんぴょん、飛び跳ねながら言う。

「え？　陸上部に入るつもり？」

わたし、びっくり。

「うん。カズくんがうちの陸上部に入れって誘ってくれたんだ。ほら、わたしが中一になったとき、カズくんは中三で、中学には、まだいるでしょ？」

「そうだけど。」

「カズくんが指導してくれるんだったら、入ってもいいな！」

杏実は、わたしと違って、運動神経がいいし、陸上部に向いてると思う。

でも、一馬くんと同じ部活だなんて。

まさか、中一と小五なんて、ありえないって思ってた。

でも、再来年は、中三と中一なんだ。

五十嵐先輩とルリを思えば、充分ありうるよね。

そう思うと、背筋が、ひやっとする。

なんだか、怖いよ。

「わたし、冬休みになったら、カズくんといっしょにジョギングする約束してるんだ。お姉ちゃんもやらない？」

え？　息がつまって、言葉にならない。

ふたりでジョギング？

もしかして、わたしに優しくしてくれるのは、わたしが杏実の姉だからなの？

だったら、わたしなんかが行ったら迷惑じゃない。

それに、わたしは誘われてないし。

「……。わ、わたしはやらない！　運動神経が悪いから、ふたりの足手まといになっちゃう。」

「お姉ちゃん？」

杏実が不思議そうに、わたしの顔を見た。

「はあああ。」
自分の部屋に戻ってベッドに座ると、大きなため息をつく。
杏実に大人げない態度をとっちゃった。
姉として、情けない。
ほんとは、犬の散歩もジョギングもいっしょに行きたいのに。
杏実のことが、うらやましくて、たまらないのに。
わたしって、どうして、こんなに素直じゃないんだろう……。
一馬くんのこと、通学路や学校で見つけると嬉しくて、いつだって胸がときめいてた。
走り高跳びをする前の真剣な横顔や、男の子たちとふざけて笑ってる顔が好きだった。
最初は、ただ見てるだけで、幸せな気持ちになれたんだ。
でも、最近は、一馬くんを見てると苦しい。
だって、一馬くんは、わたしより杏実とずっと気があってる。

それに、柏木さんのことにしても、わたしより、ずっと美人だし……。

そう思うと、どんどん気持ちが落ち込んじゃう。

わたしに好かれたら迷惑かな……。

そんなことばかり考えてしまう。

もし、一馬くんに彼女ができたら、わたし、好きでいることもやめなくちゃいけないよね。そう考えると、すごく悲しくなる。

そして、そんな自分がもどかしくて、情けないの。

あんなに仲よしだったルリとも、うまくいっていないし。

わたしは、こんな自分が嫌い。

でも、どうしたら、自分に自信が持てるようになるんだろう？


今日は、二学期の終業式。

ルリとろくに話せないまま、二学期が終わってしまった。

ひとりで帰ろうとして、昇降口で靴をはいていたら、目頭に涙がにじんでくる。

「小川。」

ふいに声をかけられて、わたし、あわてて、手の甲で涙をぬぐって、振り向く。

「あ、か、一馬くん。」

「明日の朝から、杏実とジョギングするんだけど、小川も来ない？」

「え？」

びっくりして、顔を二度見しちゃった。

「吹奏楽部だって、体を鍛えなきゃだろ？」

「で、でも、わたしが行っても迷惑じゃ。」

「え？　迷惑？　どういう意味？　だって、三人のほうが楽しいじゃん。」

そう言って一馬くんが笑った。

「オレのメアドを教えとく。来る気になったら連絡して。」

「え！」

「はい、これ。」

一馬くんが、サラサラとメモ用紙にボールペンでメアドを書いて渡してくれた。

胸が、じんと熱くなる。うわあ！

やっと、一馬くんのメアドを知ることができた。


「ただいま！」

いつもより軽い足取りで家に帰ると、ママが、あわてて玄関に顔を出した。

「ルリちゃんが来てるわよ。桜子の部屋で待ってる。なんだか、深刻そうなの。」

「え！　ルリが!?」

わたしは、あわてて、階段を駆け上がる。

「ルリ！」

ドアを開けて叫ぶと、

「桜子！」

ルリが立ちあがって、わたしの前に来る。

「ごめんね。ずっと態度が悪くてごめんね。わたし、桜子と仲直りしたくて来たの……。」

言葉の途中でルリの目から、わっと涙があふれて、止まらなくなった。

「あのね。一馬くんから聞いた。」

「え？　なにを？」

「合唱コンクールの日。わたしの悪口を言ってた子たちに、『やめなよ！』って言ってくれたんだってね。なのに、わたし、ひとりで、ひがんで桜子に八つ当たりして無視して。ごめん。ほんとうにごめんね。わたし、わたし、サイテーだよね。」

ルリが泣きながらわたしに抱きついてきた。

「桜子、許してくれる？」

「あ、当たり前じゃない！　このまま、ルリと仲違いしたまま離れちゃったら、どうしようかと思ってたの。わたしだって、ルリと前みたいに戻りたい。仲よくしたい。」

言いながら、わたしの頬にもボロボロ、涙が流れる。

「よかった、ルリと仲直りできて。」

「わたしこそ。でも、これも、一馬くんのおかげだよ。あいつ、ほんとにいいやつ。桜子が、ずっと好きなだけあるよ。」

好き！　その言葉に反応して、カッと顔が熱くなる。

「わたし、ふたりのこと、応援してる。がんばって！」

ルリのあったかい言葉に、わたしは自分に言い聞かせるように言った。

「うん。がんばる！」

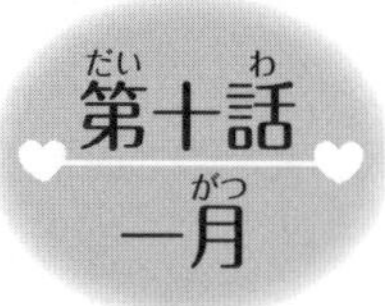

第十話 一月

「楽しいね。」

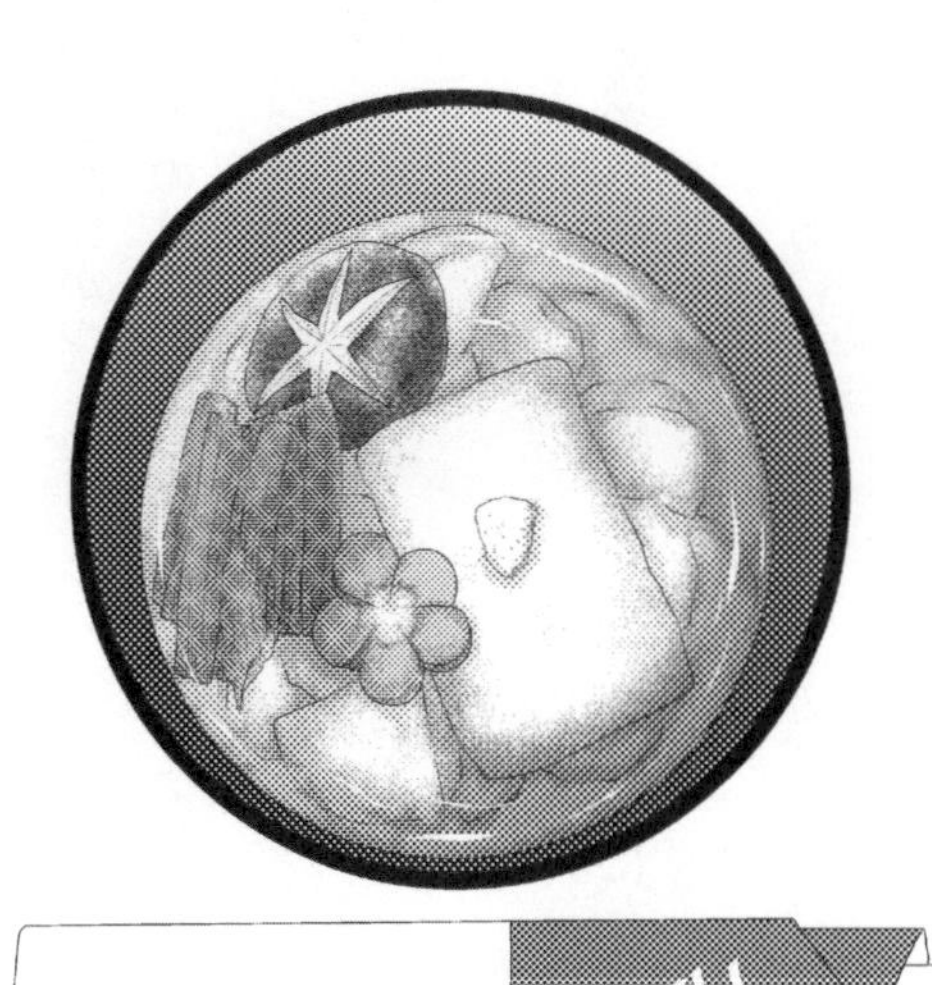

「お姉ちゃん、スマホが鳴ってるよ。」

一月一日。新しい年が、やってきた。

窓の外は、いいお天気で、気持ちのいい青空が広がっている。

お昼すぎ、テレビを見ていた杏実がリビングのサイドテーブルにのせておいた、わたしのスマホをつかんだ。

「誰から？」

「カズくんからだよ。」

「え！　うぐ！」

あまりにもびっくりして、食べていたお雑煮のおもちを喉につまらせそうになる。

く、苦しい。

「やだ。お姉ちゃん。きゃははは。わたしが出てあげる。もしもし、カズくん？」

杏実が笑いながら、勝手にわたしのスマホに出た。

ちょ、ちょっと待ってよ！

「あ、わたし、杏実だよ。おめでとう！　あ、お姉ちゃんね、いま、おもちを喉につまらせそうになってる。きゃはは。」

「やだ！　貸して！」

必死におもちを飲み込んで、あわてて杏実の手からスマホを奪う。

「も、もしもし？」

「あ、小川。大丈夫？」

ひゃ〜、ほんとに一馬くんだ！

「あけましておめでとう。今年もよろしく！」

一馬くんの明るい声が耳に飛び込んでくる。

「あ、あけましておめでとうございます。」

「年賀状、ありがとう。オレ、書いてなくて、ごめん。全員、メールですませちゃって。」

「ううん、そんな、いいの。」

わたしが送りたかっただけだから。手書きで、一文字ずつ、思いをこめて書きたかったんだ。

「これから、ちゃんと返事を書くよ。でも、その前に、お礼を言っておこうと思って。」

うう。一馬くん、いい人だ。わざわざ、直接、電話でお礼なんて。

そういう律儀なところが好き。

「小川は、もう初詣には行ったの？」

「うん。家族で鶴岡八幡宮に。一馬くんは？」

「これから、江の島に行くんだ。江島神社だよ。」

「へえ、いいなぁ。」

「じゃあ、小川もいっしょに行く？」

！　胸が、どくんと高鳴った。

「行きたい！」

「じゃあ、待ちあわせて。」

「ごめん。でも、行けないの。いまから、家族で東京のおじいちゃんちに行って二泊するの。大福も連れて。」

「なんだ、そっか。残念。」

行きたかった。ほんとうは家族の用事をキャンセルしてでも行きたかったよ！

でも、おじいちゃんちには、イトコの凜ちゃんと蘭ちゃんも来るから、会いたいし。

「じゃ、また帰ってきたら、散歩とジョギングしような。」

「あ、うん。」

「じゃあ、ボルシチによろしく。」

スマホを切ったときは嬉しくて手が震えてた。

一馬くんが電話をくれた！

江の島に誘ってくれた！

しかも、おじいちゃんちの飼い犬の名前がボルシチだって覚えててくれた！

わあ〜。すべてに感動。

新年そうそう縁起がいいよね。

なんだか、淡い期待に胸がときめいてる。

それにしても、ああ、一馬くんといっしょに江の島に行きたかったな……。

「ねえ、桜子のパパって、鎌倉北高校の先生でしょ？」

放課後の音楽室で、ルリが話しかけてきた。

冬休みが終わって、三学期が始まった。

三年の先輩たちは、受験真っ盛り。

吹奏楽部も、すでに推薦で決まった先輩、これから私立を受験する先輩、県立を受験する先輩など、さまざまなニュースが飛び込んできてる。

「五十嵐先輩の第一志望って、北高なんだって。」

「え！　そうなんだ？」

「わたしも五十嵐先輩と同じ高校に行きたいけど。でも、北高って偏差値が高いよね。」

「いまから、がんばれば大丈夫だよ。」

「そうかなあ。」

「うちのパパに、相談してみる？」

「え？　小川さんのお父さんって、北高の先生なの？」

会話を小耳にはさんだ、二年の森田先輩が話に加わってきた。

「じつは、わたしも北高に行きたいのよ。」

「え、そうなんですか？」

「英語の授業にすごく力を入れてるんでしょ。わたし、将来は翻訳の仕事をしたいの。」

「翻訳家ですか？　わあ、先輩、もう将来の夢が決まってるんだ。すごいなあ。ねえ。将来の夢ってある？」

となりの朱里に聞いてみる。

「うん。わたし、保育士になりたいの。だから、牧村女子大学付属高校に行くつもり。大学に保育学科があるから。」

「え！　もう大学まで決めてるの!?」

ルリも驚いてる。わたしもびっくり。

だって、わたしたち、まだ中学一年だよ？

高校のことは、中三になってから考えればいいやって思ってたけど、それって遅すぎるのかな。

「桜子も、パパのいる北高に行くの？」

朱里が聞いてくる。

「いや、わたしの成績じゃ無理だよ。」

「でも、将来は先生になるんでしょ？」

「え？」

ルリの言葉に、わたし、とまどっちゃう。

両親とも学校の先生だったから、小学生のときは、自分も教師になるのかな？　って思ってた。

けど、いまは、ほんとうに教師になりたいのか、自分でもよくわからない。

漠然と英語を話せるようになりたいと思ってはいるけど、それ以上のことはなにも考えていなかった。

なのに、ルリも朱里も森田先輩も高校や将来のことを、すでに具体的に考えてるんだ。

わたしは、日々、目の前のことをこなすだけで精一杯。

なんだか、急にあせっちゃうよ。

「桜子、最近、元気ないよね？」

一月も、もうすぐ終わり。

ルリと朱里と三人で部活のあとの帰り道。

北風が冷たい。

「なにを悩んでるの？」

「な、なんでもない。」

「桜子は、なんでも、そうやって自分で抱え込むんだから。そういうのよくないよ。」

ルリが口を尖らせた。

「え？」

「少しは頼っていいんだよ。グチでもなんでも聞くよ？　自分はなんでも話してって言ったクセに。桜子って、わたしたちに心を開いてくれてないのかなって、悲しくなる。」

「そんなことないってば！」

わたしは、あわてて早口で続ける。

「ほら、この前、森田先輩や朱里の将来の夢を聞いたでしょ？　ルリも北高に行きたいって言うし。わたしはまだ夢も目標もないから、ちょっとあせっちゃっただけなの。これ、ほんと。」

「なんだ、そうだったんだ。」

ルリが笑顔になった。

「一馬くんと、なにかあったのかと思った。」

「違うよ。そうじゃないよ。」

「将来のことは、自分のペースでゆっくり考えればいいんじゃないかな。夢って、無理やり、決めることじゃないでしょ？」

朱里も優しく笑ってくれた。

「うん。ふたりともありがとう。」

ふたりの笑顔を見たら、なんだか、ちょっとだけほっとした。

「佐野さんも、わたしになんでも話してよ。」

ルリが朱里に言う。

「あ、うん。中里さん、ありがとう。」

「じゃ、ズバリ、聞くけど。好きな人いる？」

「え！　やだ。あの。い、一応、いるけど……。」

「いたの？　だ、誰!?」

わたしも、おもわず叫んじゃう。

「……言っても笑わないでね。」

「吹奏楽部？」

「うん。」

「え！　誰だろ。まさか、五十嵐先輩じゃ。」

「違う違う。」

朱里が真っ赤になって、うつむいた。

「あのね……。顧問の大原先生……。」

「ぎゃ〜！　マジか！　オジさんじゃん！」

ルリが爆笑してる。

「あははは。意外な趣味！」

「笑わないでって言ったのに！」

朱里が、ますます真っ赤になってる。

「え、わたしは先生、好きだよ。いいと思う！」

「え？　ほんとに？　嬉しい。」

わたしの言葉に、朱里が目を輝かせた。

「あ〜あ。誰にも言ったことなかったのに、ついに言っちゃった。絶対に内緒だよ。」

そのときだった。

「お〜い、そこの三人！　気をつけて帰れよ！」

うしろからやってきた自転車には、なんと大原先生が！

そして、そう叫ぶと、わたしたちの横を通りすぎていった。

「うわ！　うわさをすればじゃない！」

「あははは。すごいタイミング！」

「大原先生〜！　待って〜！」

「きゃ〜、ふたりとも変なこと言わないでよ！」

わたしたち三人は、きゃあきゃあと笑いながら、先生を追って冬の海岸通りを駆けだす。

一月の空気はキーンと冷たいけど、寒くない。

だって、両どなりに、ルリと朱里がいてくれるから。

こうして三人でおしゃべりしてるのが楽しい。

だから、きっと。高校受験も、将来の夢も、一馬くんのことも、これから、なにがあったとしても、きっと大丈夫だよね。

「ルリ、朱里、楽しいね！」

「うん！　すっごく！」

ふたりの笑顔が、わたしのお守りだから。

第十一話

二月

「好きだよ。」

「毎年、毎年、よくやるわねえ。」

ママがあきれた声を出す。

オーブンからは、甘い香りが漂ってくる。

もうすぐ、バレンタイン。

今日は、夕食後、杏実とふたりで大量のチョコレートマフィンを焼いているんだ。

友チョコをたくさんつくって、女の子どうしで交換するの。

みんな、ラッピングにもすごく凝るんだよ。

「すごい量ね。」

「吹奏楽部の女子の先輩にもあげるから。」

「へえ。ママの時代には、友チョコなんてなかったわよ。ねえ、男の子にはあげないの？」

ママの言葉に、胸がどきっとする。

おもわず、杏実のほうを見ちゃう。

ねえ、杏実は、どうするの？

一馬くんに、あげるの？

だって、杏実を差し置いて、わたしだけ、あげるわけにはいかないよ……。

って、杏実を言い訳にしながら、ほんとうは、自分があげる勇気がないだけ。

あげたいけど、迷ってる。

だって、断られたら、友達でいられなくなる。

「あははは。ママ。男子に本命チョコをあげるのは、かなり本気の子だけだってば。」

杏実が笑いながら、続ける。

「あ、でも、カズくんにはあげようかな。」

「え！」

わたしが思わず、声をあげると、杏実が不思議そうに聞いてきた。

「え？　お姉ちゃんはあげないの？　カズくんには、いつも、犬の散歩とジョギングでお世話になってるじゃない。それくらいしてあげようよ。」

「あ、う、うん。そうだよね。」

「お世話になってますチョコ。略して世話チョコかな。」

ほんとに？　それ、テレ隠しじゃないの？

そんなこと言いながら、本命チョコなんじゃないの？

そう思っていると、ママが笑いながら言った。

「世話チョコっていいわね。そうしなさいよ。」

「でしょ？」

「一馬くんには、杏実のお守りをしてもらっているから、ずっと悪いなあって思っていたのよ。三人からってことでプレゼントしましょ。」

「え？　三人から？」

「そうよ。杏実と桜子とママからよ。そうね。じゃ、もっと大きいチョコケーキを焼きましょう。そしたら、一馬くんのご家族にも食べてもらえるでしょ？　ママが材料費を出すし、手伝うから！」

「やった！　お姉ちゃん。そうしようよ。」

「あ、うん。そうだよね。世話チョコね。」

言いながら、胸が、どきどきしてきた。

杏実といっしょだし、ママも公認だし。

これなら、一馬くんに堂々とバレンタインできるよね。

ちょっと、ほっとした。

ようし、がんばる！

思いをこめて、とびきり、おいしいチョコケーキをつくるんだ。


「へえ。じゃあ、ケーキをあげるんだ？」

部活が終わって、ルリと朱里と三人で肩を並べて、昇降口から校庭に出る。

「ルリは先輩にあげるの？」

「それがね。あげようと思ってたんだけど、先輩、バレンタインの二日後が、北高の入試の日なんだって。だから、試験の直前に気をわずらわせたら、悪いかなと思って悩んでるんだ。」

「そっか～。それは考えちゃうよね。」

「先輩は、モテるから、ほかの女の子があげるかもしれない。そう考えるとあせっちゃうけど。告白は卒業式でも、いいかなと思ってるんだ。ねえ、佐野さんは？　先生にあげないの？」

「まさか！　やだ！　恥ずかしい！」

朱里が、みるみるうちに真っ赤になった。

「わ、わたしは、つきあいたいとか、そういうんじゃないもん。いいなあって思って、あこがれてるだけだもん。それで充分。」

「でも、ほんとうは、あげたいんでしょ？」

「あげたいけど。でも、先生、困らないかなあ。」

「じゃさ、それこそ、三人からってことであげない？」

ルリが提案した。

「杏実ちゃん方式がいいよ。世話チョコ！」

「あ、それいいかも。わたしも賛成！」

「イベントは参加することに意義があるのよ。」

ルリが腕組みしながら言う。

「あ、うん。そうだよね。中里さん、桜子、ありがとう！」

朱里が嬉しそうにはにかむ。

「あ、一馬くんだ。」

ふいに、ルリが小さく叫んだ。

陸上部の部室の前で、一馬くんと女の子が立ち話してる。

「あれ、いっしょにいるの柏木さんじゃない？」

朱里の言葉に心臓がどくんとはね上がる。

ほんとだ。柏木さんだ。

ショックで、声も出なかった。

一馬くんと、なにやら楽しげに話してる。

遠くから見ても、すごくかわいい……。

ふたりが並んでいるところを見たら、胸がぎゅうっと締めつけられて、呼吸が浅くなる。

やだ。

陸上部

おもわず立ちどまって、ふたりを見ていたら、陸上部の男子たちがわたしたちのほうに歩いてきて、会話が耳に飛び込んできた。

「なんだよ。カズのやつ、いいよなあ。」

「柏木って、めっちゃかわいいもんな。」

「いっしょに初詣に行ったらしいぞ。」

「ああ、聞いた。江の島だろ？」

え！　江の島？

一馬くん、わたしを誘ったよね？

もしかして、わたしがだめだったから、柏木さんを誘ったってこと？

それで、ふたりで江の島に行ったの？

ものすごくショック。頭が混乱して、よくわからない。

お正月に電話をもらえただけで、天国にいるみたいな気分だったのに、いまは最悪。

「柏木さんと一馬くん、冬休みになにかあったのかな……。」

「桜子。大丈夫？」

動揺しているわたしの背中に、ルリがそっと手をまわして支えてくれる。

「そんなわけないって。」

「そうだよ。そうに決まってるよ？」

朱里もそう言ってくれる。

だけど……。


家に帰って、自分の部屋のベッドに、ぱたっと倒れ込む。

ひとつだけ、わかったことがある。

一馬くんが、お正月に、わたしを江の島の初詣に誘ったのには、特別な意味なんかなかったってこと。

体育祭のときも、合唱コンクールのときも、ルリとケンカしたときも、優しくしてくれたから、わたし、少しだけうぬぼれてた。

違うんだ。一馬くんは、誰にでも優しいんだ。

杏実にも、柏木さんにも誰にでも……。

あんなに舞い上がって、ばかみたい。

自分がみじめで、情けなくて、悲しくなるよ。

そう思ったら、はらはら、涙がこぼれてきた。

やだ。わたし、変だよ。こんなに泣いちゃうほど、一馬くんのことが好きだったの？

でも、もう気持ちがあふれ出して、止まらない。

思いが喉のところでつまってる。

吐き出さないと、窒息してしまいそうなの。


つきあえなくていい。

両思いにならなくてもいい。

でも、一馬くんに、この気持ちを伝えたい。


バレンタイン当日。

早朝、杏実とふたりで、一馬くんの家に向かった。

「あれ？　ふたりともどうした？」

玄関に出てきた一馬くんが驚いてる。

「おはよう、カズくん。じゃじゃ〜ん！」

杏実の元気な言葉に、わたしは、リボンをかけたケーキの箱を両手で差し出した。

「これ、わたしとお姉ちゃんとママと三人で焼いたチョコケーキなんだよ。」

杏実が得意げに続ける。

「いつもお世話になってるから、そのお礼！」

「へえ。すごいな。ありがとう。」

「カズくん、これは、世話チョコだからね。」

「わかってるって。別名義理チョコだろ。」

一馬くんが笑ってる。

「違う。義理チョコじゃない……。」

おもわず、口から言葉がこぼれてしまう。

「え？」

一馬くんと杏実が、わたしのほうを見た。

あ。どうしよう。

でも、もう引き返せない。

ううん。わたし、引き返さない。

ちゃんと言わなきゃ！

「わたし、幼稚園のときから、カズくんのこと……。」

かあああ、顔が燃えるみたいに熱くなる。

「好きだよ！」

そう叫ぶと、その場から、ダッシュで駆けだした。

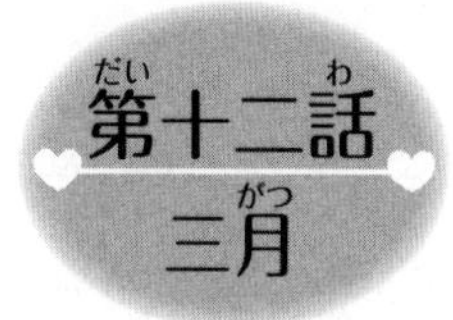

第十二話 三月

「ちゃんと言わなきゃ。」

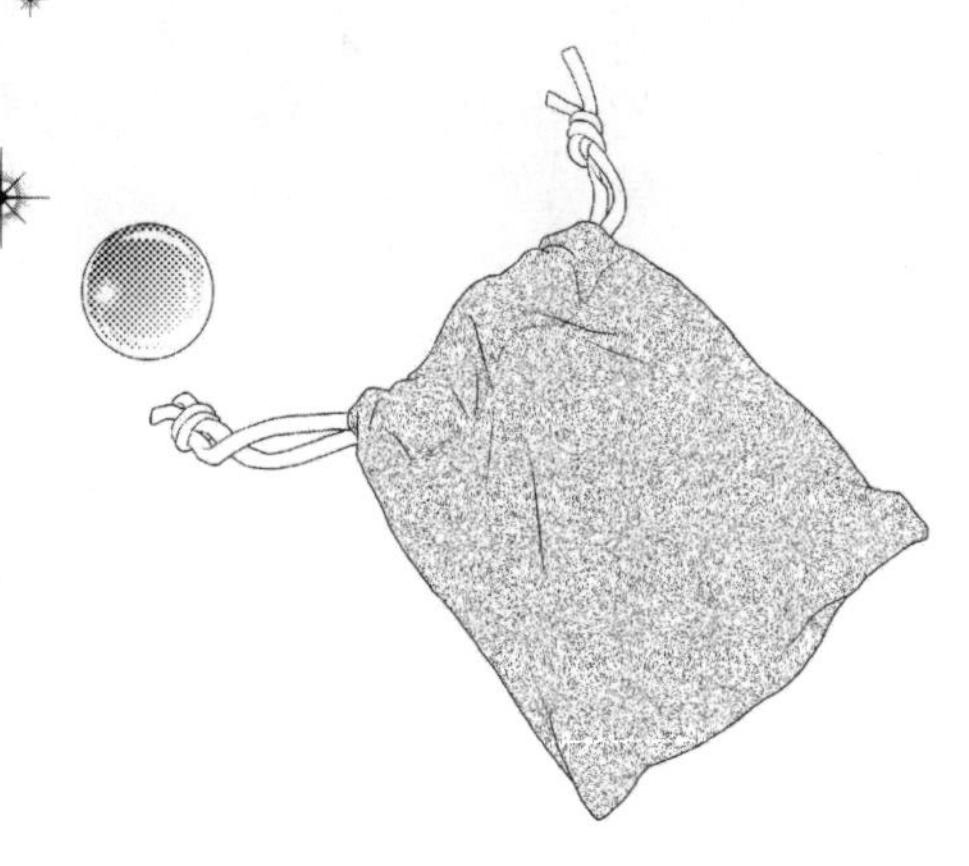

「桜子も書いてね！」

三月。空気がやわらいで、春が、すぐそこまで来ているのを感じる。

放課後の教室で、ルリから先輩たちへの色紙を渡された。

もうすぐ、先輩たちが卒業してしまう。

楽しかったこのクラスもバラバラになってしまう。

「四月から、いろんなことが変わるんだ……。」

そう思うと寂しい。

「五十嵐先輩が、ついに卒業しちゃう。」

「卒業式に告白するんでしょ？」

「両思いになれなくても、先輩に気持ちだけは伝えたい。そうだよ。うん。がんばる。」

ルリが、自分に言い聞かすように言う。

「桜子こそ、一馬くんとは、どうなったの？」

バレンタインの日。

わたしは、ものすごく動揺したまま、ひとりで学校まで走って教室に飛び込んだ。

ついに告白しちゃった！

胸が、どきどきして破裂しそうだった。

一馬くんが教室に入ってくるのに気がついたときは、恥ずかしくて顔をまともに見られなかった。

一馬くんが、まっすぐ、こっちに歩いてくる。

「小川。」

「あ、あのね！　さっき言ったことだけど、気にしないでね。重く受け取らないでね。あの、い、いままでどおりってことでお願いします！」

わたし、あせって、早口でまくしたてた。

「あ、杏実がね。一馬くんのこと大好きなの。だから、杏実のことを考えてあげてね！」

一馬くんが、一瞬、真顔になる。

やだ。わたし、なに言ってるんだろう。

そのときだった。

「お〜い。一馬。彼女が来てるぞ！」

男子の声に、はっと振り向くと、柏木さんがはにかんだ笑顔で廊下に立っていた。手には、赤いリボンの包みを抱えている。

え？　彼女？

そのとたん、背筋がすうっと冷たくなって、目の前から色が消えてモノクロになった。

「ひゅーひゅー！　やるじゃん。一馬！」

男子たちが、いっせいにはやしたてると、一馬くんは無言で柏木さんのほうに歩いていった。一馬くん、柏木さんとつきあっていたの？

いったいいつから？

冷たくて重い塊がずしんと落ちてきて、パキン、心にヒビが入って、砕け散る。

そうやって、わたしの片思いは完全に終わったんだ。

「ねえ、桜子。ちゃんと一馬くんと話しなよ。」

帰り道、海岸沿いの通学路を歩きながら、わたしがそう説明すると、ルリが心配そうに言った。

「もういいの。」

「桜子。」

「だって、わたしと柏木さんだったら、すべての男子が柏木さんを選ぶに決まってるよ。」

そう。柏木さんはかわいくて、男子に人気がある。

明るくて、自信にあふれていて、ハキハキしていて、アイドルみたいだ。

わたしにないものを全部、持ってる。

わたしみたいに、地味で暗い女の子なんか、好きになってもらえるわけない。

いつまで、幼稚園時代のことを引きずっているのよ。自分で自分が情けない。

「ねえ、じゃあ、杏実ちゃんはどうしてる？」

「杏実、ごめんね。」

あの日、わたしは学校から帰ると、真っ先に杏実に謝った。

「え？　なんのこと？」

「先に一馬くんに告白したりして、ごめんね。」

わたしが頭を下げると、杏実がすっとんきょうな声をあげた。

「はあ？　なに言ってんの？　お姉ちゃん、遅すぎだよ。せっかく、わたしが、いろいろチャンスをつくってあげてたのにさあ。」

「え？　チャンス？」

「メアドも犬の散歩もジョギングもお姉ちゃんのためにやってあげてたのにさ。」

「ウソ！」

「マジ。」

「い、いつから、わたしの気持ちに気がついてたの？」

「最初からだよ。バレバレだよ。カズくんの前だと、いつも顔に〝好き〟って書いてあるじゃん。あれで、気がつかれてないつもりなの？」

「！　で、でも、杏実は、いいの？」

「は？」

「だって、カズくんのこと、好きでしょ？」

「お姉ちゃんの好きな人に手を出すほど、わたし、モテなくないから。」

「は？」

「今日、クラスの男子に逆チョコで告られて、オッケーしたとこだし。」

「え！　逆チョコって、男子からもらったの？」

「だよ。お姉ちゃん、小学生をナメないでよね。」

「小五で彼氏！」

「今度、紹介するね。隆平っていうの。」

わたし、いつまでも、杏実のこと、小さな子どもだと思ってた。

でも、違う。杏実は杏実で、ちゃんと成長してる。

生意気に、いや、しっかりと着実に。

「お姉ちゃんって、ほんと世話がヤケるよ。」

うう、小学生の妹に心配されていたなんて。

「と、いうわけなの。」

「さっすが、杏実ちゃん。しっかりしてる。」

「もう、どっちが姉かわかんないレベル……。あ、ルリ。わたし、ちょっと海を見ていく。」

「わかった。桜子、元気出しなよ。また明日ね。」

ルリと別れて、ひとりで海辺まで歩いていく。

ざぶん、ざぶん。波がくだける。

わたしは、立ちどまって、その波を眺めてた。

わたしは、幼稚園のころから内気で不器用で、女の子たちの遊びの輪にも、うまく入っていけなかったな。

でも、わたしがひとりでしょんぼりしていると、いつも一馬くんが声をかけてくれた。

いっしょにいてくれた。そのことに、すごく感謝してる。

いまだって、同じ。

わたしが、この一年間、なんとかがんばってこられたのは、一馬くんがいてくれたからなんだ。

でも、バレンタインのあの日から一馬くんとは、ほとんど話をしていない。メールも来ない。

彼女ができたら、こんなふうに疎遠になっちゃうのかな。

友達でもいられなくなっちゃうの？

だとしたら、寂しい。ものすごく寂しい。

わたし、間違えたかな。

お正月、いっしょに江の島に行っていたら、運命は変わっていたのかな？

もっと早く気持ちを伝えていたら、よかったの？

引っ越したあとも、手紙や電話で連絡を取りあっていればよかった。

やり直したいことや、後悔が、次から次へとわいてくる。

教室で、がまんしていた涙が、ひとりになったとたん、ぼろぼろと頰に流れる。

胸が痛くて、痛くて、たまらないよ。

「小川。」

ふいに一馬くんの声がした。

空耳かと思ったけど振り向いてみると、ほんとうに一馬くんが立っていた。

「ど、どうして、ここに？」

「中里から、小川がここにいるから行けって、携帯に電話があったんだ。だから、あわててきた。」

え！

ルリの友情が胸にしみる。

「なんで、泣いてるんだよ？」

ああ、一馬くん、なんにもわかってないんだな。

「さ、寂しいからに決まってる。」

「なんで寂しいんだよ？」

「だから！　カズくんに柏木さんっていう彼女ができて、話もしてくれないからでしょ？」

「え？　オレ、柏木とつきあってないよ。」

「！　で、でも、柏木さんと、いっしょに江の島に行ったんでしょ？」

「よく知ってるなあ。あれは、たまたま、向こうでばったり会っただけだって。」

「そうだったの？」

わたし、びっくりして一馬くんの顔を見る。

「でも、バレンタインに告白されたでしょ？」

「されたけど、断った。」

「え！　どうして？」

一馬くんがふいに黙ると、海に向かって小石を投げた。

潮風に一馬くんの髪が揺れる。

「好きな子がいるから。」

「え？　誰？　もしかして、杏実？」

「なに言ってんだよ。いいかげん気がつけよ！」

！　心臓が、どくんと高鳴る。

「オレが好きなのは、小川桜子だよ。」

いま、なんて言ったの？

息が止まる。

まばたきもできないまま、わたし、しばらく、フリーズしてた。

信じられない。

「じゃあ、なんで無視するの？」

言いながら、わっと熱い涙があふれてくる。

「小川が杏実のことを考えろって言ったからだろ。」

「え？」

「そんなのできないし。だから、距離をとろうかと思って。」

「カズくんを好きなのは、わたしだよ！」

言葉が飛び出してた。

「つい、バレンタインに告白しちゃって、恥ずかしかっただけなの。どうしてわかってくれないの？」

「そんなの、こっちだって、わかんないよ。ちゃんと言葉にしなきゃ、わからない！」

言葉にしなきゃ、わからない。

その言葉に、はっとした。

誰かに、自分の思いを伝えることはむずかしい。

その場の空気に流されたり、人の目を気にして、言いたいことも言えなかったり。

誰かとぶつかりあうことや、自分が傷つくことが怖くて、本音を呑み込んでしまったり。


でも、ときには、言葉で、ちゃんと伝えることが大切なんだ。

上手に言えなくてもいい。

気のきいた言葉じゃなくていい。

もし、伝えたい思いがあるのなら、勇気を出して、言葉にしてみよう。

誰かに伝えよう。

メールでなく、会って、顔を見て、伝えよう。

ちゃんと言わなきゃ。

そうしなければ、伝わらない思いがある。

そして、そこから、すべてが始まるんだから。

「これ、やる。」

「え？」

「手、出して。」

右手を差し出すと、その上に一馬くんが、ガラスの石をのせた。

それは淡い桜色だった。

「幼い桜子ちゃんが欲しがってた桜色の宝石だよ。」

「あったの？　これ、いつ見つけたの？」

「去年のいまごろ。」

「え？」

「オレ、桜子ちゃんが引っ越してからもずっとずっと探したんだ。いつか再会したら、渡そうと思って。そしたら、去年、奇跡的にこの石を見つけて。だから、きっとまた会えるって確信した。そしたら、ほんとうに、また会えたからびっくりした。」

「！　じゃあ、六年も探し続けてくれてたの？」

「……うん。」

あまりの嬉しさに、じわっと目頭が熱くなる。

「だから、入学式の日、桜子ちゃんを見かけたときは嬉しくて、でも、意識しちゃって、
声がかけられなかった。」

信じられない。一馬くんも、わたしのこと、ずっと大切に思ってくれていたんだ。

「ありがとう。ほんとうにありがとう。」

そう言いながら、涙がこぼれ落ちる。涙がこぼれるたび、心が澄んでいく。


「ああ、どうしよう。やっぱり言えない。」

今日は卒業式。

三年生たちが卒業していく。

式が終わり、体育館から外に出る。

外は、甘い春のにおい。

記念写真を撮ってる卒業生たち、先輩からボタンをもらっている女の子。

「ルリ、告白するんでしょ?」

「あ、うん。でも、やっぱり、だめ！」

ルリが急におじけづいている。

「急がないと、先輩、帰っちゃうよ。」

「そうだよ。がんばれよ！」

わたしと一馬くんは、ルリの背中を押して言う。

「ちゃんと言わなきゃ！」

「うん。わかった！　行ってくる！」

青い空の下、ルリが先輩のもとに駆けだした。

門のところで、ルリが先輩に話しかけてる。

わたしと一馬くんは、ハラハラしながら、ふたりを見つめている。

ルリが押しつけるみたいに、先輩に小さな花束を渡している。

先輩が受け取ると、ふたりでなにか話している。

しばらくすると、ルリがわたしたちのほうを振り向いた。

そして、両手で大きく丸をつくった。

「きゃ〜、やった！　やった！」

わたしと一馬くんは、そう叫ぶと顔を見合わせた。

「行こうか？」

「うん！」

わたしと一馬くんは、ルリと先輩めがけて駆けだした。

「ルリ、よかったね。」

「うん。オレたちもこれからは、もっと会おう。」

走りながら、一馬くんが言う。

「うん。」

「もっとちゃんとたくさん話そう。桜子。」

「うん！」

やっと、名前で呼んでくれた。

いまが嬉しい。

一馬くんが笑顔で、すぐとなりにいてくれて嬉しい。

ルリがいて嬉しい。先輩がルリの気持ちを受け入れてくれて嬉しい。
だから、会いたい人には、会いに行こう。
伝えたいことは、言葉にして伝えよう。
そこから、すべてが始まるんだから。
ちゃんと言わなきゃ!
ね?

あとがき

こんにちは、小林深雪です。

読んでいただいて、ありがとうございます！

今回のお話の主人公は、小川桜子ちゃん。

え？　小川？　もしや！

と、ピンときたあなたは鋭い！　そうです。桜子ちゃんは、小川凜ちゃんと蘭ちゃんのイトコなんです。

桜子ちゃんの中学入学から一年間のストーリー。舞台は海辺の古都、鎌倉です。

友情、クラス、部活、家族、そして、初恋。

内気で口下手な桜子ちゃんが勇気を出して、自分のほんとうの気持ちをメールでなく、「直接」「言葉」で伝えていきます。

あなたも、きっと、友達に、家族に、好きな人に、伝えたいことがあるはず。

でも、なかなか、素直に気持ちを言えないことも多いよね。照れくさかったり、まわりの意見を気にしたり、その場の空気を読んだり。

誰だって傷つくのは嫌だし、不安だし、臆病になったりもする。

大人のわたしだってそうだし、桜子ちゃんも同じ。

でも、「ここぞ」というときには伝えないと後悔してしまうこともある。

ぜひ、みんなも桜子ちゃんから勇気をもらって、誰かに正直な気持ちを伝えてみてくださいね！


そして、じゃじゃ～ん！

なんとこの本で、「泣いちゃいそうだよ」シリーズは十周年になりました！

記念すべき一冊目の本が発売されたのが、二〇〇六年の四月。

十年前の四月には、まさか十年後の二〇一六年も、このシリーズを書いているとは思いもしませんでした。いちばん驚いているのは作者かもしれません。

青い鳥文庫から始まって、今では、YA! ENTERTAINMENTで、「泣いちゃい」高校生

編も書いていますし（あ、今年の夏休みには凜ちゃんの高校三年生編を発売する予定ですよ。こちらもお楽しみに！）。それから、

キャラクター図鑑や年表、相関図など超充実の『ファンブック』、
みんなの将来の夢と仕事をテーマにした『夢ブック』、
みんなの恋と好きをテーマにした『恋ブック』、
など、スペシャル本を三冊も出すことができて嬉しいです。

「泣いちゃい」ワールドが、この十年でどんどん広がってる！

それもこれも全部、読んでくださっている、応援してくださっているみなさまのおかげです。心から感謝しています。

ほんとうにありがとうございました！

そして、これからの十年？　と言わず百年？　も、よろしくお願いいたします！

そして、次の本は八月刊です。

青い鳥文庫のホームページで開催した「泣いちゃいそうだよ総選挙」に、たくさんの投票をありがとうございました！

その投票結果から選ばれた「泣いちゃい」キャラが登場する、四つの物語を書き下ろします。

①小川凜×広瀬崇。②小川蘭×三島弦。③大村泉×広瀬岳。そして、なんと、びっくり！ ボーイズ部門で広瀬崇と同数一位だった④河野洋人×小川凜。ダブル主人公の四つのストーリーです。そして、じゃ〜ん！ ここで、新作のタイトルを発表します！

『もしきみが泣いたら』

です。楽しみにしていてくださいね！

そして、今回のお話は進研ゼミ「MyStyle」での連載に加筆訂正したものです。連載時の担当編集者、小川真実さんと松田共代さんに深く感謝いたします。

そして、青い鳥文庫担当の山室秀之さんとイラストの牧村久実先生、ありがとうございます。校閲のみなさま、いつもお世話さまです。

そして、最後にもう一度。あなたにありがとう。

あなたの春に、たっくさんいいことがありますように。

二〇一六年三月

小林深雪

JASRAC出1601434-601

＊著者紹介

小林深雪（こばやしみゆき）

3月10日生まれ。魚座のA型。埼玉県出身。武蔵野美術大学卒業。青い鳥文庫，YA! ENTERTAINMENT（いずれも講談社）などに著作があり，10代の少女の人気を集める。エッセー集『児童文学キッチン』，童話『白鳥の湖』のほか漫画原作も多数手がけ，『キッチンのお姫さま』（「なかよし」掲載）で，第30回講談社漫画賞を受賞。

＊画家紹介

牧村久実（まきむらくみ）

6月13日生まれ。双子座のA型。東京都出身。デビュー以来，多くの漫画，さし絵を手がける。講談社青い鳥文庫で人気の「泣いちゃいそうだよ」シリーズのほか，名作『伊豆の踊子・野菊の墓』（川端康成・伊藤左千夫／作　講談社青い鳥文庫）のさし絵も手がけている。

講談社　青い鳥文庫　　254-26

ちゃんと言(い)わなきゃ
――泣(な)いちゃいそうだよ――
小林深雪(こばやしみゆき)

2016年4月15日　第1刷発行

（定価はカバーに表示してあります。）

発行者　清水保雅
発行所　株式会社講談社
東京都文京区音羽2-12-21　郵便番号112-8001
電話　編集（03）5395-3536
販売（03）5395-3625
業務（03）5395-3615

N.D.C.913　218p　18cm

装　丁　久住和代
印　刷　図書印刷株式会社
製　本　図書印刷株式会社
本文データ制作　講談社デジタル製作部

（落丁本・乱丁本は，購入書店名を明記のうえ，小社業務あてにお送りください。送料小社負担にておとりかえします。）

■この本についてのお問い合わせは，青い鳥文庫編集まで，ご連絡ください。

ISBN978-4-06-285546-4

泣いちゃいそうだよ

小林深雪／作　牧村久実／絵

恋、友情、受験勉強、クラブ活動……リアルな学校生活を描いて大人気！　シリーズぞくぞく刊行中だよ！

1　泣いちゃいそうだよ

小川 凜　中学２年生

片思いの広瀬くんと同じクラスに！
凜の 12 か月の初恋ダイアリー。

2　もっと泣いちゃいそうだよ

小川 凜　中学３年生

広瀬くんと同じ高校を目指す凜。
受験勉強は不安がいっぱいで。

3　いいこじゃないよ

小川 蘭　中学２年生

優等生の妹、蘭。でも、いいこの
自分が好きになれないんです。

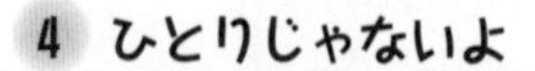

4　ひとりじゃないよ

小川 凜　中学校最後の春休み

まさか、吹奏楽部でイジメが⁉
凜は姿を消した後輩をさがして……。

5　ほんとは好きだよ

小川 蘭　中学３年生

難関高校合格を期待されている蘭。
ほんとは別の高校に進みたいのに……。

6 かわいくなりたい

藤井 彩 中学２年生

三島先輩に失恋した彩。「お笑い系女子」じゃ、モテないの？

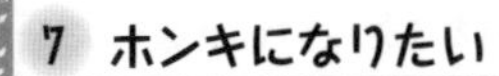

7 ホンキになりたい

凛／蘭／彩／真琴

４人の「泣いちゃい」ガールズが登場する豪華短編集！

8 いっしょにいようよ

山内真琴 中学２年生

男友達の誠に彼女ができてから、真琴の気持ちに微妙な変化が。

9 もっとかわいくなりたい

藤井 彩 中学３年生

佐藤とせっかく心が通いあったのに、別々の進路だなんて！

10 夢中になりたい

小川 凛 中学３年生／小川 蘭 中学２年生

街はずれにある洋館に、幽霊が出る⁉

11 信じていいの？

大村 泉 中学３年生

誠を忘れられない泉の前に、広瀬岳という１年生が入部してきて。

12 きらいじゃないよ

小川 凛 小学６年生

水月や葵ちゃんと、ずっと友達でいられるかな？　凛の小学生編！

13 ずっといっしょにいようよ

山内真琴 中学３年生

バスケ部を引退した真琴と誠に、
受験の現実がせまってきて。

14 やっぱりきらいじゃないよ

小川 凜 小学６年生

学校の盗難事件で、凜が犯人に⁉

15 大好きがやってくる 七星編

大沢七星 中学１年生

双子の兄妹、北斗と七星が、
東京の中学に転入してきた！

16 大好きをつたえたい 北斗編

大沢北斗 中学１年生

七星がデート⁉　父さんが再婚⁉　北斗は
自分だけ、とり残されていくようで。

17 大好きな人がいる 北斗＆七星編

大沢北斗＆七星 中学１年生

北斗と七星の祖父母が、七星だけを
引き取ると言ってきて……。

18 泣いてないってば！

小川 凜 小学６年生
／小川 蘭 小学５年生

凜と蘭の心が入れかわった⁉

19 神様しか知らない秘密 新装版

水谷芽映 中学３年生

バレエの主役に選ばれた芽映。
でも、パパの会社が倒産して……。

20 七つの願いごと

小川蘭　小学5年生

クラスで仲間はずれになった蘭が教わった、勇気の出るおまじないって？

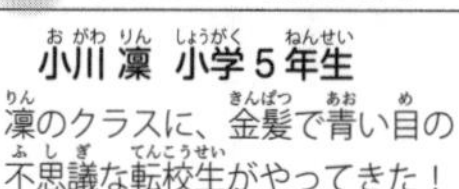

21 転校生は魔法使い

小川凜　小学5年生

凜のクラスに、金髪で青い目の不思議な転校生がやってきた！

22 わたしに魔法が使えたら 新装版

椎名葵　中学3年生

わたし、死んでしまったの⁉　最後の1週間で葵が見つけたものは。

23 天使が味方についている 新装版

宇佐見水月　中学3年生

水月がもらった天使のカード。不思議な出会いが次々訪れて⁉

24 女の子ってなんでできてる？

凜&蘭／彩／七星／風子／真琴

恋に友情に、悩める「泣いちゃい」ガールズたちの5編の短編集！

25 男の子ってなんでできてる？

崇／修治／祐樹／睦月／弦

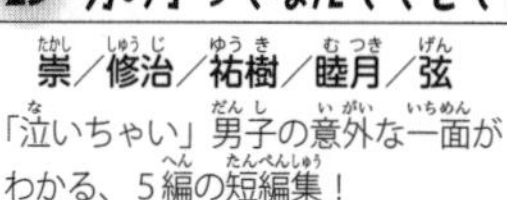

「泣いちゃい」男子の意外な一面がわかる、5編の短編集！

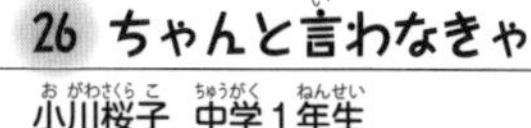

26 ちゃんと言わなきゃ

小川桜子　中学1年生

6年ぶりの街での新しい生活。幼なじみのあの子にも会えるかな……？

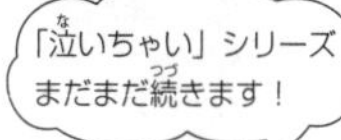

「講談社　青い鳥文庫」刊行のことば

太陽と水と土のめぐみをうけて、葉をしげらせ、花をさかせ、実をむすんでいる森。小鳥や、けものや、こん虫たちが、春・夏・秋・冬の生活のリズムに合わせてくらしている森。森には、かぎりない自然の力と、いのちのかがやきがあります。

本の世界も森と同じです。そこには、人間の理想や知恵、夢や楽しさがいっぱいつまっています。

本の森をおとずれると、チルチルとミチルが「青い鳥」を追い求めた旅で、さまざまな体験を得たように、みなさんも思いがけないすばらしい世界にめぐりあえて、心をゆたかにするにちがいありません。

「講談社　青い鳥文庫」は、七十年の歴史を持つ講談社が、一人でも多くの人のために、すぐれた作品をよりすぐり、安い定価でおおくりする本の森です。その一さつ一さつが、みなさんにとって、青い鳥であることをいのって出版していきます。この森が美しいみどりの葉をしげらせ、あざやかな花を開き、明日をになうみなさんの心のふるさととして、大きく育つよう、応援を願っています。

昭和五十五年十一月

講　談　社